KU-746-597

CARDIFF
CAERDYDD
Cardiff Libraries
www.cardiff.gov.uk/libraries
Llyfrgelloedd Caerdyd
www.caerdydd.gov.uk/llyfrgelloed

ab さんご

黒田夏子

文藝春秋

ACC. No: 02967680

帯写真　篠山紀信
装丁・本文デザイン　加藤愛子（オフィスキントン）

書誌
abさんご　「早稲田文学」⑤号（2012年9月）
毬　「読売新聞」（1963年7月28日）
タミエの花　同人誌「シジフォス」No.12（1968年3月）
虹　「シジフォス」No.13（1968年11月）
※「都市」2号（1970年4月、田村隆一編集・都市出版社）に再録

a b さんご

〈受像者〉

aというがっこうと***b***というがっこうのどちらにいくのかと，会うおとなたちのくちぐちにきいた百にちほどがあったが，きかれた小児はちょうどその町を離れていくところだったから，***a***にも***b***にもついにむえんだった．その，まよわれることのなかった道の枝を，半せいきしてゆめの中で示されなおした者は，見あげたことのなかったてんじょう，ふんだことのなかったゆか，出あわなかった小児たちのかおのないかおを見さだめようとして，すこしあせり，それからとてもくつろいだ．そこからぜんぶをやりなおせるとかんじることのこのうえない軽さのうちへ，どちらでもないべつの町の初等教育からたどりはじめた長い日月のはてにたゆたい目ざめた者に，みゃくらくもなくあふれよせる野生の小禽たちのよびかわしがある．

またある朝はみゃくらくもなく，前夜むかれた多肉果の紅いらせん状の皮が匂いさざめいたが，それはそのおだやかな目ざめへとまさぐりとどいた者が遠い日に住みあきらめた海辺の町の小いえの，淡い夕ばえのえんさきからの帰着だった．そこで片親とひとり子とが静かに並んでいた．いなくなるはずの者がいなくなって，親と子は当然もどるはずのじょうたいにもどり，さてそれぞれの机でそれぞれの読み書きをつづけるまえのつかのま，だまって充ちたりて夕ばえに染みいられていた．そういう二十ねん三十ねんがあってふしぎはなかったのだが，いなくなるはずの者がいなくなることのとうとうないまま，親は死に，子はさらにかなりの日月をへだててようやく，らせん状の紅い果皮が匂いさざめくおだやかな目ざめへとまさぐりとどくようになれた．ぎゃくにいえば，そうなれたからたちあらわれたゆめだ．

ひきかえせないといういみでなら，もっと早いいつのまくらにただよいからんでもおなじだったろうが，どんな変形をへてでも親と子ふたりでくらす可能性ののこっていたあいだはもちろん，それが死によってかんぜんにうしなわれてもなお，帰着点がにがすぎればたちあらわれてはならないたぐいのゆめがあった．

ゆめの受像者の，三十八ねんもをへだてて死んだふたりの親たちのうち，さきに死んだほうの親のゆめも，ふたりともが死んでしばらくたつまではほとんどたちあらわれなかった．受像者が，あとから死んだほうの親とふたりだけというじょうきょうでつくられたじぶんに淫しきっていて，それいじょうさかのぼった未定などじぶんがじぶんでないからはかかわりもないとかんじていたからか，かかわりがないというよりはむしろ，親ふたりそろっていてのじぶん，きょうだいがあったりするじぶんなど敵でしかないとかんじていたからか．

親がふたりとも死んで，さらに年をへて，朝の帰着点がさざめきでかざられるようになった者が，ゆめの小べやの戸をあけると，さきに死んだほうの親がふとんに寝ていた．寝てはいたがいのちのあやういほど病んでいるというふうではなく，そうだったのか，あけさえすればずっとここにいたのだったかとなっとくした者は，じぶんの長いうかつなおもいこみをやすらかにあきれていた．またべつのゆめで，親ふたりと子とがつれだって歩いていた．歩いてはいたが，さきに死んだほうの親がすでに病んでいるともわかっていた．なおるともなおらないともきまっていないところまではひきかえしたということのようであり，それをゆめの受像者がじかにのぞんでいるというよりは，あとから死んだほうの親のためにひきかえしてやりたかったのにということのようでもあった．

〈しるべ〉

死者が年に一ど帰ってくると言いつたえる三昼夜がめぐってくると，しるべにつるすしきたりのあかりいれが朝のまからとりだされて，ちょうどたましいぐらいに半透明に，たましいぐらいの涼しさをゆれたゆたわせた．そのほのじろいものは，はじめのころ五つだったろうか六つだったろうか，どちらにしても死者があってのちに住みうつられた小いえには過剰な数だったが，死者が新しかったうちは贈りぬしも新しく，どれとどれをつるすかを決めまようよりは，干すことをかねてあるだけつるすほうがかんりゃくだったにちがいない．二つか三つは，花やせんこうをそなえる台のわきにおけるような，組みたて式の吊り具を付随させていた．あとはざしきとえんがわとのくぎりのあたりに掛けならべられた．

ごくうすい絹だったか紙だったか，あるいは絹のも紙のもあったのか，卵がたのも球にちかいのも，淡い水いろをおびたのもそうでないのも，上下の木わくが黒く塗られたのも白木に小菊がえがかれたのも，おもりにさがるかざりぶさは紫のぼかし青のぼかし，もしかしたらぜんぶ白いのも記憶をぬけおちたべつの色のもあったかどうか，その欠落はだれかがわすれたというのではなくて，それら夏の宵そのときにもだれにも見さだめられないままであった．そのならわしがくりかえされなくなる夏がくることに，ひらたい，どこかすこしよごれてどこかすこしつぶれた厚がみの箱が高い戸棚のおくからおろされて，しぜんにたたみこまれる構造のきわめて軽いつつ状のうつろがかすかな前年の夏の匂いとともに身を起こすことのない夏がくることに，だれもがまったくうかつであって，そのときぜひ見さだめつくさなければとはおもいおよばれなかったからだ．

それぞれにちがったはずの花の絵がらもまるでおぼろで，秋くさなのだからと似ていないではない配置がおもいえがかれても，木わくとのれんかんもつかないばかりか，夏ぶとんの染めもよう，掛け軸の筆はこび，はてはずっとのちになって店さきで見かけただけのうちわの絵やだれかがだれかからうけとったようなうけとらないような絵はがきなどとまでまじってしまい，そんなはかない影のうちでも最もはかない稲科植物の葉ずえのとがりに消えこんでいく．

どの夏にやめられたのかも，じょうきょうからしかおしはかれない．死者があってから十ばかりの夏がめぐったころ，物も疲れ人も疲れた．死者の配偶者と死者の子とは，成熟の出ぐちと入りぐちとへそれぞれにいっそう近づきいっそう押しつめられてあわただしいあけくれになっていた．五つなら五つがずっと出しつづけられていたのでもなく，いつとなくひもが切れたり，またなおしたり，なしくずしにしるべのない夏がしのびこんで，それでいて捨てるわけでもないので家うちにいつでもあると気をゆるませ，見さだめのたりなさはあやされてねむかった．

かんじんの，ともっているありさまよりも，まひるまのほのじろさばかりが想起されるものたちは，じっさいに昆虫たちのしるべになってしまうわずらわしさからも，ほんのまねごとに短時間だけともされたのかもしれなかったし，その時節のおそい落日からあとはほどもなく寝についてしまう幼弱期が家うちにすごされていたせいでなおつかのましか明るまなかったのかもしれない．それらは夏の日なかの，見られるともないゆれるともない，さなかにもこころもとなくふたしかなしるべだった．しるべの過剰な夏がしるべのかき消えた夏に移行して，死からまもなかったころよりももっとしたたかな死のけはいを，無いことのうちに顕たせたはずの夏は，そのことじたいをさえ見さだめきれなさのおぼろの中へ翳りかすませる．

〈窓の木〉

ふりだしの家の二そう目のぜんぶは書物とその持ちぬしとが領していて，三そう目からおりていく者は，寒くない季節にならあけとめてあることも多い片とびらから，机にむかっているうしろすがたと，そのあたまごしに，ことさら明るい緑いろのこまかな葉がひかりさざめく窓とを見た．よこながの机はへやの中ほどにすえられていて，そのむこうの，窓に近いがわに接客用の卓といすがおかれ，あるしばらく，親子ふたりの朝食がそこでとられるならわしだったことがある．そのあいだに三そう目をそうじするといった手じゅんのつごうだったのか，朝の日ざしをこのまれてか，ひかりさざめく樹木の名は，そんなある朝の卓において五さい児の語彙にくわわった．ちょうど，これもことさらに明るい朱いろの花期で，うてなの肉質のつやが幼児をめずらしがらせた．

朝食のならわしいぜんには幼児がほとんど近よったことのないその窓だったが，書斎とのさかいに両びらきのとびらをもつ書庫のほうはさらにまれにしかふみいられなかった．もともとはごくあたりまえな広間だったのをたけの高い書架をすきまなくつらねて窓のほとんどをふさいでしまったもののようで，いつもほのぐらく洋紙びえがした．まんなかは広くあいているが，ぐるりの棚のがらすとびらのにぶい反照がものおそろしく，まっすぐにつっきろうとする足もとをおぼめかせる．つっきったさきは物おきとして使われている小べやで，おいおい入手しにくくなってきていた穀るいなどが，たぶんむかいの料理屋のぶんも貯蔵されていた．親族がいとなむ料理屋で，一そう目には二けんの使用人がいりまじってくらしてもいた．じぶんづきの者をさがして幼児がはじめてひとりで書庫を通りぬけていったとき，窓のふさがれていないそのつきあたりの一かくだけがさんさんと，三にんか四にんのたちはたらく影絵がいたりつけそうにもないはるかさとかんじられた．

二そう目には，さらにもっとなじみのうすい，幼児に一どしかさだかな記憶をのこさなかったひとすみがあったが，そこももともとがなんであれ書庫にされていた．さんぽにつれだされた行きか帰りか，机にうしろすがたのない者の名をよぶと，ふだんはとびらとも意識のなかったとびらがあいてきて，さがしものをしていた者の，べつのさがしものに出あったというふうなえがおがのぞいた．おくゆきは幼児の目にもさして深くなく，昼なのに灯されていて，多くは朽ち葉いろに装本された背表紙がきんの箔押しをきらめかせててんじょうまでつまっていた．そしてすぐとびらぎわに，とうとつに白く，小ぶりの洗面台があった．二そう目を専有していた者も浴室や寝間は三そう目のを使っていたから，あるいはそこは使われない浴室の流用であったのかもしれない．

ひっこしさきは，ごく近くに別荘をかまえていた知人から，建てはじめられたばかりの貸し家をおしえてもらえたので，書庫を自費でつけたす工事をおいかけて進めることはできたのだったが，それまでの半ぶんの半ぶんの容積もとれないうえ，そことつなげた書斎用の小べやのほうまで日も風も入らなくしてしまうことになった．小べやの中は，そのろくに用をなさない窓ひとつと出入りぐちとのほかをがんじょうな書架で厚くかこまれ，机の上にも本や小ひきだしがつみあげられて，がらす板をおいたほんの手もとのひとところだけが山かげの小沼のようだった．机と直角にも低めの棚がおかれ，足もとにはたくさんのかーど箱がかさねられた．

背もたれからひじのせにかけて曲線の木わくのついた布ばり回転いすは，戦時のひっこしにあたって新調されたほとんどゆいつのものだったが，だれもそれほどのせまさをおもいつけなかったのか机につりあう大きさにされたので，なまじゆったりしたもたれがつかえてしまい，せいぜい直角の半ぶんぐらい向きを変えられるだけだった．そうやって身をななめにようやく立ちあがった者は，巻き貝のしんからにじりでるようにして書庫へのひき戸までをこすりぬける．ひき戸のあけたてがまた芸当で，砂地への安ぶしんですぐさまゆがんでしまったたてつけを，身うごきもままならない姿勢であやさなければならない．むろん庫内もそまつで潮かぜと砂ぼこりとがようしゃなく入りこみ，革装に浮くかびのまだらがしじゅうざしきのえんがわへと運びだされては干しひろげられなければならなかった．

しかしそうしたことはすべてひとときのまにあわせだと，とにもかくにも蔵書を戦火からすくえてさいわいだったと，まぎれていく松籟の夏冬があった．ひるまうちはざしきのほうへ出てきて，小児が書いたり読んだりなにか作ったりしているのとおなじ卓で書いたり読んだりすることも多く，日が落ちるとどちらからともなく言いだしてこんどはとなりの茶の間の卓のほうへそれぞれの紙たばをかかえて移動する．ざしきはそのあとかんたんにそうじされ，雨戸がたてられ，ふとんが敷かれた．夕食後も，小児が寝たあとも，ことにあかりや燃料を節するほかなかった時分にはほとんどつねに，そのままその卓で書いたり読んだりされた．なにもかも仮であるままに，いずれはまたましにできるだろうと信じられたはずみもふくめて，その日日はその日日でひとつのやすらぎの完結形だった．それぞれにそれぞれのことに熱中し，それぞれのもんだいをしのいでいて，だからじゃまでもきゅうくつでもなかった．

ずっとたって，その書庫をとりこわした跡地につなげていくらか広い書斎に改築されたころ，書斎とは敷地のはじとはじであるほうにべつむねの書庫が二つすでに造られていた．いちいち屋外に出なければならない，いかにも使いにくくあたまの中も分散しそうなありようだったが，本と資力の持ちぬしはもっとましなやりなおしについていまさらと投げる老年になっていたし，それをはげまして十ねんでも一ねんでもいいではないかおわりに気のすむようにしつらえたらと言うはずの者は，言いたくても言えないのだとさえ言えないところにいた．すなわち親の家を住みすてた者は，じぶんの資力でしつらえてやれるどころか，じぶんじしんが飢え死にしかねないくらしをそうとは見せないでいるだけでせいいっぱいなのだから，出費のからむようなどんな提案も助言もそらぞらしすぎてできなかった．

二つの書庫と改築後の書斎に棚はつくりつけにされたため，それまでの書架はなんどかにわたって処分されていった．それらが密生している家に生まれそだった者にとって，それらはあるにきまっているもの，いつでもいつまでもあるはずのものであったから，棚かずをかぞえたことも丸く磨かれた把手の木目を見さだめたこともないまま，死にいった猫のように消えた．かつてもいくつかづつ買いたされていったらしくかなりとりどりの型があったが，どれもけんろうで，きわめて重いものをささえつづけながらたわみもなく，もったいないからひとつふたつでも使わないかと，持ちぬしの晩年の同居人がふいに言いだしたとき，言いだされた者は，いぜんの巻き貝状の小べやとおなじほどの面積に十ねん寝起きしていてぬけだす見通しもいっさいないじょうきょうだったので，せまくておけないと，そのことじたいまったくそのとうりで言下にことわるしかなかったのだが，あまりにいっしゅんにおわったそのやりとり，まるでしんせつかのような申し出へのこたえの極度のにべもなさを持ちぬしもかたわらで聞いていて，ことわり手がどんなみじめなところに住んでいるのか見たことがないからは，そんなにもなつかしげもないのかとわびしかったかもしれないと，いくえにかねじれたこだわりはこだわられた．

ひかりさざめく窓に向いていた日日がおりふしの想起の中になかったはずもないが，幼児だった者の想起にはそれがないと，たしかめたこともなく老年はうたがわなかったのだろうか．子のちからでもういちどしつらえて親を迎えとれたらという，はたされるはずも語られるはずもない夢想の書斎の窓のまえに，またあの木を植えようと言いたかったねがいだけが，らちもないゆうれいのようにさまよいのこる．

〈最初の晩餐〉

おもいちがいをしている者をはずかしめまいと，はじめからそのつもりだったふうにさりげなくもてあしらうのはしぜんなたしなみであるから，十ねんあまりふたりだけで向きあってきた卓に三にんぶんの皿が並べられていったとき，親子はかおを見あわせはしたがさえぎりはしなかった．新しい家事がかりはその午後きたばかりなのでまだなかばは客だとおもえばいいかとか，うちあわせをかねて初回だけはこちらからさそうこともありえなくはなかったかとかがいそいでかんがえつかれた．

あいだに人ふたり入って紹介されてきた者が，どんなふうに聞かされどんなふうに受けとめているのかへの手さぐりもとっさに生じた．週に二どはそれまでのしごとに出かけていくというじょうけんは，やとうがわにしてみればとにかく早急に手がいるための譲歩のつもりだったが，やとわれるがわではそれをたんなる家事専従者ではないことのよりどころともし，衣食住と家事労働との交換，いわば助けあいを求められたつもりだったろうか，あいだに入った者がそんなふうにとれる言いまわしでもしたろうかと，そうとしなければ信じられない言動に出あうつど親子はあとじさった．

ともあれ，ふたりだけの食事というのは愛戯のひとつでもあるのだから，日常的に外来者をまじえるなどとはおもいもよらなくて，じぶんたちは量も少なく時間もかけないほうなので，つぎからはじしんのへやでゆっくり食べるのが気ままでよかろうと，すんでからやといぬしはえんきょくに言った．しかし，にぎやかなほうがうれしいとにこやかなこたえがあり，このおもいちがいもとっさにあきらめられた．そして使用人がおなじ卓につくはずがないからは，その外来者はどのていどにか使用人ではないつもりなのだと推測するしかなかった．たちばのおもいちがいというぜんに，そのたちばだったらどうするかというてんにかんして，べつの生活圏からきた者のりょうかいがことなるらしいとだんだんにさとられるまでに二百の卓がかこまれ，二千の卓がそれにつづいた．

もし十ねんまえの家屋でのように，一そう目で調理したものを三そう目まで，ふきぬけの大階段を二ど三ど運びあげていくのだったら，三にんぶんをぼんにのせようなどとおもいつかれるはずもなかったろう．小いえのささやかな卓は，たしかになんの気おくれもおこさせないものである．たぶん外来者の生家のそれよりもずっと小さく，外来者が前日まで間借りしていた家のそれよりもずっと古びている．だからといって三そうの家からついてきた使用人たちが給仕にひかえているぎょうぎがくずされたことはけしてなかったし，旧くからの者たちがいなくなったあとはかえってわずらわしいので，おいてさがるように，すんだらよぶからというふうになってはいたが，おなじ卓につらなろうなどとおもいつかれたことはいちどもなかった．

ふたりだけになってから，いいかと親は子に，いくらか困惑して許可をもとめるちょうしでささやいた．習俗の変わり目で見つけにくくなっている家事専従者がしばらくはいつくのをのぞんでおとなはおもわずあとじさったとしても，生まれてからさせたことのないじょうきょうをとつぜん十五さいにしいるわけにはいかないとためらわれた．だが，どうせ半ねんか一ねんか，どうおもいちがいにつきあっておいてもあやういはずのない濃密な共生感から，親も子も気がるにわらっていた．対等でないからは対等あつかいするのはかんたんで深くはこだわられなかった．こうしてあっさりととうとつに永久に親子の食卓は喪われた．

だまされるというのが被害であるのなら，たしかに外来者はしゅうし被害者であった．あるめんで対等とおもえればべつのめんでは対等でないと示すこともあろうが，どんないみででも対等でないとしかおもわれなかったからやすやすと対等がよそおわれたので，それをいんけんでごうまんだというのならたしかに親子はいんけんでごうまんであり，懲罰はさけがたかった．

どんな者がくるとしても，いごこちがわるすぎないように適度な社交をこころがけようと十五さいはかまえはじめていた．その数しゅうかんの家事がかりのとだえは，もっと繁忙の度のゆるやかだった一ねんまえ二ねんまえとくらべて十五さいにとっても五十三さいにとってもあまりにわずらわしく，いっぽうでは，おとなだからといってなかまたちいじょうの測りしれなさをかかえているわけではないという見きわめも，じぶんたちとはことなるしゅるいの者たちもあるという察しもつきだし，つまり，ひとりでいることがもっとも豊饒であるじぶんたち親子とはちがって，話しかけられることのなさ，どうかすると買いものするときいがいほとんどくちをきかないですんでしまうような日日を，もんくを言われたりせかされたりするいじょうにがまんしにくくかんじる者たちもあること，そのうっくつを賃金のたかでおぎなうような策をこうじられないのかこうじる気もおきないのかどちらにしても，せめて十五さいがいくらかはしたしむそぶりでなだめておくほかないかともさとりはじめていた．それでも，日常のくらし，すなわちやとわれた者の全しごとへの軽視が根底にあって，どうやってもよろこぶでもなく，ただがまんしているだけといったふんいきに長く耐える者はまれであろうが，半ねん一ねんでいいのだ，そうやって四にんか五にんでつなぐうちにはおとなになってしまえるのだとも計測された．

すこしまえの明るいおもいでもあだになったようである．十三さい児と十ばかりしかちがわない者が住みこんでいたことがあり，その婚姻までの一ねんほど，楽器について話しあったり，書いた詩を見せあったり，別れを惜しんでいっしょにしゃしんをとったりしたのだ．こんども年の差が似たようなものなら，おもてむきそのときのしたしさをまねすればいいかと，ことばつき目つき手つきのすべてにのっけから忌避感をいだいたにもかかわらず，というより，しぜんにしたしめることのけしてないあいてといっしゅんに見てとったからこそ，十五さいは意図してその演技をえらんだのだった．

それは親子のはじめての共謀であったかもしれない．ようやく子が共謀者にまで長じて，ふたりともすこしは生きやすくなったということのはずだったかもしれない．しかし演じはじめてしまうと共演者のどこまでが本心かは見わけにくくなっていく．外来者をだますことが共演者どうしでだまされあうことになっていく．それはまったく不用意にがくやではじめられてしまった，幕あいなしのながながしい演目だった．

〈解釈〉

おもてぐちがしまっていたので建てもののうらがわにまわっていった者は，かつて埋めた食べがらのしんが果樹となってほそい幹ながら十七さいのたけをはるかにこえたあたりに白い花冠をともしているのや，使うのをやめてひさしい戸外での煮炊き装置にさしかけられた仮屋根の，いつの秋からともしれない朽ち葉の積もりなどとめぐりあった．

家かげのせまい通路だが，うらの家とのさかいの垣にそってひとならび食用草本が植わっていた四季もあり，それらをまびいたりそえ木にゆわえたりする者に小児はまつわって，早朝の防砂林でいっしょにひろいあつめた枯れ松葉や松かさをふろがまにくべてはそのはぜるさざめかしさと芳香と炎の色とを愛し，あそびのとちゅうでだいどころぐちから水をのみにかけこむこともあれば，たてつけがくるって小児のちからではあかない物おきのひき戸がひかれて割り木や切り炭の匂いたつのをたのしみにもした．

ふりだしの家からついてきて，うらがわをきもちよくとりしきっていた者が十さい児を去ると，そこの事物はいっこうかんしんをひかなくなったが，かといってかくべつこだわりももたれず，ときにはおもてでなくうらであそんでみたり，たんねんな杉綾状の掃き目をつけてみたり，花たちのためじょうろをみたしにゆききしたりはしぜんにつづいていた．

そこがいとわしい，ひたすらよけていたいところ，ないことにしておきたいところとなってからは一ねんとすこしである．そこは，たちはたらくべきなのにたちはたらいていないところというものになって十七さいを難じていた．建てものの切れ目でひらけるはずの小にわも，せんたくをして干すべきなのにそうしていないところというものになりはてていた．そして家うちのすべてがいま，そうじすべきなのにそうじしないところとしてふむをはばかられた．とてもふてぎわにとてもつらそうに家事がかりをする家事がかりがきてから，断じてそれを見ならいたくない者にとっての家は，権利がないのにめぐまれている，いつ逐われてももんくのいえない，やすらげないよそよそしい異土となった．血がかよわなくなっていく五体のように住みかがしびれていき，その春の十七さいは，かろうじて机ひとつ寝どこひとつの空間にまで押しつまった．

家具を並べ，出入りのためのすきまに布をたらしただけの不完全なしきりでも，ようやく専用の席がもてた者のうれしさはそれはそれでうそではない．通りみちをかね，食卓をかねた席で読み書きするいらだたしさは，競争しけんのじゅんびがくわわらなくてもとうに限界だったから，せつじつさがわからずひたすら変化をおっくうがる初老の多忙者にむかっての家事がかりのくちぞえが，しんせつからだったといってもそれはそれでうそではない．もっとも当のくちぞえ人がいさえしなければことはたいしてせつじつなわけもないのではあった．ともあれこうして小いえは，さまざまな用途をかねる共用のへや一つと，ほとんど牢に似た三しつとになった．

寝間をかねることの不可能な巻き貝状の書斎のぬしのふとんだけがそれまでどうり共用のざしきに敷かれた．家事がかりとしてはそれだけをととのえればいいことになったわけでもあるが，そのことは労力の量のもんだいではなく，家事がかりが家ぜんたいの家事がかりでなく，かせぎ手のせわをするかかりなのだという方向へのろこつな転換だった．そうならばなんとかつづけられているほかの家事も，ほんとうはやしなわれているふたりで分担すべきなのだという主張が住みかのくまぐまに底ごもった．かせぎ手だけがとくべつであとのふたりは同等であるという構図，さらにおとなふたりと未成年ひとりという組みかえがいっきに果たされていく春，並んでねむった長いならわしから一夜あっけなく捨てられた初老がそれならばと自己愛に寄っていく，いくえにもあやうい春であった．

ぬけていくしょうめんが入り日の方角だったとひさびさにおもいだした者に，木木と垣と隣家のすきをうすべににたゆたうものがあふれてきた．しけんじゅんびと習いごとでもっと昏れおちてから帰るのがつねだったこともあるが，住みかにいて住みかを見まわすまいというふうなきみょうなかまえがいつしかしみついていたのでもある．

えんがわにまわりこんでがらすごしにのぞく者を，外出着すがたの家事がかりがおどろいたかおでふりむいた．おどろかせてすまなかった，ぬすびととおもったかとわらいながらあがっていき，りんじのとりやめがあって早かったのだ，出かけるところだったのかと問う者のまえに，いまこの家を出ていこうとしていたのだとこたえた者がうつけたようにすわりこんだ．

ぐうぜんからこうして見つかってしまったのは，行くなということなのだろうと，そう運命を解釈することにした者がやがて述べたてはじめ，うしなわれてしまってから知らされた最後の修正の機会に，聞かされているほうもなかばうつけて立ちつくした．

とりちがえればぶつかるはずのわくがとめどもなくかわ

されつづける異様なかかわりにかかわってこわれたごくふつうのかんがえ，行きずりの家はじぶんの家ではないというじんじょうな感覚が，つかのま浮かびかけてから深く沈んだ．まさか五ねんあまりのちにその家のひとり子が出ていっても，その二十ねんのちにやといぬしが死んだあとまでもその家に住みつづけるとまではおもいさだめなかったとしても，いつづけようとそのとき意志され，ありえたべつの一生がなんにんぶんかかき消えた．通過者が通過者でありえたかもしれなかった日がくれて，もどりみちをふさがれた者たちに，そのときやたらな夕やけがなだれかかってきた．

だいどころわきの小べやは，もっとも日から遠い方位の窓しかないうえ，それを手のとどくまぢかで垣にふさがれているし，出入りぐちのほうはなかばいじょうをがんじょうな食器棚にさえぎられたあげく，寝どこひとつやっとおけるだけなのに内びきの板戸であったから，そこに押しこめられたらだれだろうと出たいとおもわずにはいられないにちがいなかった．そして多くの日，先住者ふたりは出かけてしまうので，るすばん人としてはそこにとじこもっているいわれもなく，小いえとはいえ日も風も通るおもてざしきを好きに使えばよかったし，そうしていれば家ぜんたいをとりしきりたい所有したいとかんじるのは当然の意欲だった．

戦禍の予後もまさにおわろうとして，まわりが急速にべんりになってきている中に，むとんちゃくからもあなどりからもその家のくらしかたはとりのこされ，気くばりのゆきとどいた使用人が去っての六ねんによごれといたみが限界にちかくなってもいた．家うちがつぎつぎと改変されていくのを，繁忙者たちも利用しなかったわけではない．通りぬけ自在だったぶようじんに門扉や裏木戸がとりつけられ，洗面台や物干しが新しくされ，ふろがまの方式がかんべんになり，あちこちに安ものの日よけが掛けめぐらされた．小いえはたちまち仮寓のすがしさをうしない，こうでしかないという卑しさがひしひしと固定していった．住みうつって十ねんの者たちにはのがれようのないほんとうの転落がはじまり，改変者にはひたすら功績感と所有感がつのっていった．

〈予習〉

おとなになったらふたりで異国をめぐろうという，未来の話などすることのなかった者のあとにもさきにもない未来の話は，九さい児には軽いとまどいでしかなくとっさにははかばかしい反応も返せなかったかわりに，そのとき親子が向かいあってそれぞれの書物をひろげていた卓にかしぎおちていた秋日が，異国の旅というものの連想にいつもあんずいろにさしいった．

おとなになったことがなく十ねん生きたことのない者にとっては地表の鳥かげのけはいだったとしても，前年に戦乱がおわってまた異国へも行けそうなと目路のひらけたおとなにとっては，おいていくかつれていくかどちらにしてもあと十ねんと子の年をかぞえるのはごくじっさい的だったようでいて，けっきょく親子はそのときの語らいの中でしかつれだたなかった．八ねんして四半せいきぶりの西欧をひとつきほどあちこちする機会をもった者は，そのごほとんど毎年のように会議出席などをかねた短い旅をくりかえしたが，子とつれだつことはついになく，ほんとうにおとなどうしになってみればそんなさそいが重いとまどいをもたらすだけなのについて，理由の想定はどんなに行きちがっていたとはしても，たずねあうまでもないという判断そのものはうごかないところだった．

初回，八ねんごの九さい児は翌年に大きな競争しけんをひかえ，そのさきへのおもいめぐらしや恋や議論や習いごとに，親がいてもいなくてもいそがしくあけくれていたが，いつもとおなじになかまたちとにぎやかにしていて，ふと孤児の予習をしている浮遊感をもつことがあった．子のほうで家をあけたことはなんどかあり，ともだちの山荘に半つきほど泊ったことなどもあったが，いつでもじぶんの意志で帰れるところに身うちの日常がつづいているのと，渡航はもとよりれんらくにさえまだ難渋したそのころ，地つづきのどこにも身うちがいないのとはまるでちがう感触だった．

そして十七さいは，おさななじみとすごすのではなく，じんじょうな使用人とすごすのではなく，一ねん半らいの劇中劇の人物とだけくらさなければならないのだった．

早晩通りすぎるはずの者は早晩通りすぎるはずの者とし

ての気がるなともだちあつかいを供されたが，ひとたびともだちという仮構に立てば年のじゅんからして十七さいが二十九さいより目したになってしまうというあやうさは，楽観からも悲観からも放置され，ふくれつのってきていた．くらべて世俗の地位と収入のある五十四さいは，対等という仮構に立ってもやはり目うえである．つきあった配役が親にとってと子にとってとどれほどことなるいみをもっているかにうかつな親を，子はすでにたよれなかった．だから浮遊感は，ひとつきの不在のせいというより，ゆいつの身うちの喪の予習だった．

体力のおとろえとぎゃくにふえかさむ役職と雑事にことさらその二ねんほど疲れきわめていた者に，もはや小児ではない者にかまけすぎていないでもっとじしんのつごうを優先すべきであり，それがけっきょく子のためでもあろうとのすすめはのったほうがらくなことであり，るすはまもるからあんしんして好機を活用するようにというとき，あんしんとは子の平穏の保証ではなく，平穏のふりをしつづける意地の保証にすぎないのだとは気づかないほうがらくなことだった．

出立の宵はまだ夏やすみで，さしまわされてきた大型車がとめてあるあき地まで，旅だつ者をまんなかに手をつないでいこうと年かさのほうの見おくり人が言いたて，もちろんそんなときの親子は手などつなぐ気はないから，つながった二つの影と離れた一つの影とが月の道にやたらな鮮明さだった．運転者のほかに，出国まで同道するしごとじょうの見おくり人がいて，手をつないできた者にていちょうなあいさつをした．それが子だと，すくなくとも代表としてあいさつすべき長子だとおもいこんで，ほんとうの子のほうのかおも見なかった．どう受けとられようとかまわないばめんであり，それをもしこちらが子だとひきあわせなおしでもしたら，ではこちらはと全員がまのわるいおもいをすることになろうから，それまでの似たばめんとおなじに訂正はなされないままのひとかたまりへ，ふりつもる錯誤のように月光がそそいだ．

車中の者と窓から握手するようにと，子と見なされた者がほんとうの子にすすめた．かまわないからという言いまわしにあきれながらも，すすめる者じしんがそうしたいのならすればいいとわざわざ言うのもかどだつようで，子はただ見おくるときのもっともかんりゃくなきまりもんくをわらってくりかえした．

家事がかりがやといぬしを，好きになってしまった，きょうは手をにぎってしまったなどとやといぬしの子にむかって告げはじめたのは，それよりも一ねんあまりまえ，つまり住みこんでほんのまもないころのことだったが，むろんそれはがっこうともだちが教員とか俳優とかを好きになったと話すときのような，ふさわしいとりあわせかどうかをかんがえてみるまでもない空談としてだけ聞かれた．

親のふさわしい情人とは子も数ねんらいなじみであったし，ほかにもあこがれられることのめずらしい者でもなく，そういう者たちはたいていまず子への贈りものをしたから，馴れた使用人をうしなったあとの子の手まわりがなにやかや気のきいた品でおぎなわれないでもなかったことの大半は，そうした遠まわしの求愛の余禄だったようである．

しかし，家うちであからさまになつかれたのを初老の者のほうでもたのしんでいるふんいきじたいは演技というのではなく，それがとほうもないことではないかのように補強してしまったについて，親にも子にもまぬがれがたいぬかりはあった．

〈やわらかい檻〉

へやの中のへやのようなやわらかい檻は，かゆみをもたらす小虫の飛来からねむりをまもるために，寝どこ二つがちょうどおさまる大きさで四すみをひもでつられた．ぶどうからくさの浮き彫られたきんいろの吊り輪がさすらいの踊り手の足かざりのように鳴るのは，まだ涼しいもう涼しいという朝夕のよろこびだった．

つりはじめる宵は，きっかけがわずらわしい飛来であっても，白が茶ばみ，水いろのぼかしもあせ，ところどころつくろわれてさえいても，やはり祝祭だった．夏がしのぎいい土地がらのせいも，長い休暇をひかえているせいもあったろうか，ねむるには小児にもまだまだまのあるうちから中に入り，粗い目の織りものごしにすこし昏んだあかりで本を読んだり，あおむけになったまま両脚をはねあげて，なかごろでたわみたれているやさしいてんじょうにつまさきをさわらせようとしたりする．どうかするとおとなのほうも，早いうちから本や筆記具をもちこんでくる．小虫にさされないですむというじっさいのあんしんの倍もその倍もあんしんして，親子ともほとんどじゃれてしまうのだった．

たたみにたれたまっている織りものの側壁のすそに低くうずくまり，まず両手でゆすぶって近くにいるかもしれない小さな敵を散らしてからすばやくくぐりこむのだが，すぐに寝いるためでなくこもって二ど三ど出入りしたりなどすればつい一ぴきつれこんでしまうことはよくある．草木と池の多い土地がらでとにかくたくさんいるのだ．入ってしまったのを追いつめてたたきとるのもあそびのひとつのようで，ふたりで起きなおって息をひそめてさがすこともあれば，ひとりがねらったりやりそこねたりするのをひとりがよこになったままからかっていることもある．

もうつらなくてもよかろうというときもかならずくる．それもまた新鮮で美しい宵だ．にわかにもやが晴れ，かどかどが澄んでしまう．暑い季節をこのんだとはいえやはり疲れてもいて，寝どこのぐるりにおかれたなじみの家具たちがありのままにしずまっているのを，それはそれでたしかなやすらぎだったとあらためて感じひたる仰臥の上に，ながめなれた六十四こまの木目が並ぶ．前後して掛け軸も替えられた．年のはじめから白地に明るい色の絵がらがつづいたあと，藍に金泥の仏画になる．暗くて，小児にはけしてこのましいとはいえなかったのだが，晩秋から冬至の長い日かず，いちども読んでみようとしたことのないきんいろの細字が，あそびのすみにいつも書きつめられていた．

そのかげりや，ひるまうちまんなかにすえられている卓がふとんを敷くにあたって立てかけられて見せるうらがわのつやけしぬりの黒うるし，半げん四方のおきばに脚をはずしてなんとか押しこんである仏壇の深すぎるおくゆき，ほかにおくへやがないのでおきたてられているあれこれのためどんな季節どんな時刻にも日のさしいることのないくまぐまなど，小さな闇たちをかかえこんだなりのいごこちは，十一ねんでおわるなどとおもいもつかれない十一ねん目にも，やわらかい檻のつられはじめる新しさ，つられやむ新しさをくりかえして甘くうずいた．

やわらかい檻が廃されるについては，それがあまりに古びあまりによごれていることや，あつかいがたいへんなことが言いたてられた．だいいちすでにその春から親子の寝間はべつべつになったところだった．ただしこちらは夏うちはまたふとんを並べようというぎゃくの口実にもなりうることではあって，寝につく時刻のずれに気がねがいらないせっかくのへやわりをもどすことを，しけんじゅんびちゅうの十七さいがすすんではのぞまなかったとしても，用具のつごうとしてそうすればひきはなしの固定はひとまずさけられたのかもしれない．だが，ほのかにけむるひとつ入れものに親子をかこいこむことこそ，もうひとりの住人が春の時点からもっとも廃したかったことだったろう．さすがにはじめての季節のめぐりには，しきたりのいちいちが異をとなえられるわけでもなかったのだが，ふためぐり目，家事がかりの改善意欲はいきおいづいてきていた．小虫はいぶしころすほうがずっとかんたんだと主張された．たたんだりまとめたりすることにかけては親子とも手ぎわのいいほうなので苦にされるほどのめんどうとはおもえなかったが，それならしまつはじぶんでするとまでいじになるのも徒労だとあっさりあきらめられた．くらしの快適というよりももっぱら家事がかりの労力をはぶくための改変はたくさんあって，抵抗しはじめたらきりがないのでもあった．

小虫をいぶしころすけむりからのどをかばうくふうに難渋しながらも，ききょうとなでしこのなよびかな平絽を廃してあてがわれた夏ぶとんが，あぶらげかなにかのようにこわばって身にそわないのをこっけいなことにかんじながらも，おもてむきなごやかにその夏も夏だった．つぎつぎに息をとめていくならわしにひとつひとつなずんでいてはもっとたいせつなことがおろそかになると目をそむけている者たちにより，きんいろの吊り輪のはしゃぎもそれきりけうといおぼろの底へとからめきおちていった．

〈旅じたく〉

樹皮で編んだ衣料用の大箱にはまだ蒼みが消えのこっていてかぐわしかった．まったくおなじつくりの深いふたが底までかぶさるかたちなので，いれこになる大小二つをそろえればふたなしの四はことしてなどいろいろに使いまわせるし，ひもをかけて運ぶときには中身のかさに応じてふたが浮くわけでかなりふえてもまにあう．あとはふとんと，ずっと使われてきた小さなうるしぬりの文机と本箱ぐらいで，その乾いた軽い容器だけが家出どうぐだった．

代は夕刻とどけたときひきかえるほうがかえってめんどうがないと店さきで言われた者が残暑の午後をさんぽの足どりでもどると，車のついでであったのか，すでにそれは上がりぐちのゆかで枯れ野の匂いをたてていた．おどろいているのへ，もう支払ったと，こともない声が書斎からあり，ちゅうもん者が返そうとするのはあいてにしなかった．そんなつもりではなかったのにとちゅうもん者のほうではむしろ不服の声になったが，支払い人のほうではきげんよくおだやかながらてんからうけとるつもりのないちょうしで，そんなときの子から親へならしばしばそうであるように礼らしい礼も言われないまま，ゆいつの家出どうぐはととのったのだった．

住みこんで六ねん半になっていた住みこみ人は外出していて，夜までは帰らないはずのその日，夕刻ならかならずちゅうもん者じしんでうけとれるつもりのところへのそんななりゆきだったので，家出計画者としてはまずはその買いものの用途をいぶかられないですんだ安堵に気をとられてその場はすぎてしまったが，やがて七へんも八ぺんも住みかわり，家具など買わないままのくらしが十ねん二十ねんとつづいていく中で，使いならしたあめいろのつやにひそむその日の匂いが，まだ霜や雪にあわないまえのまあたらしい枯れ野の匂いが，そのときの支払い人のはしゃぎにちかい声とともに甘く返った．

親じしんのかせぎからすればどうという額ではないが，翌月からと予定されていた子の収入にすれば一しゅうかんぶんにはなる額を，おもいがけなくじぶんが出せたことをまっすぐにうれしがっていた者は，家計管理人を通さずに子のための大きな買いものをするのはずいぶんひさしぶりで，なければないですむ遠出のみやげのようなものでなく，ほんとうに欲求されているものをじかに贈れたのは五ねん半ぶりぐらいだったかもしれない．五ねん半というのは，外来者が外来した年のうちにはまだ家計管理をまかすという愚行にはいたっていなかったし，小さな町にはないが首都になら出まわりはじめているものもすくなくなかったころで，かばんだの楽譜だの木炭素描の用具だのが買い帰られた．なにが最後であったかという記憶はだれにもない．その交歓が大学にも入らないうち断たれる予想などありえなかったからだ．

もっとまえ，首都にさえ商品のとぼしかったころ，小児たちのあいだでどういうものがはやっているとか，どこでなにを売っているとかいう情報は，べつだんのぞまれたのでなくても親をいさませた．手にいれられるものがあれば，そのうちの最上のものを子の手に持たせたいと，いつでも親は身がまえていた．それでかえって子のほうは，じぶんからほしいと言いだすならわしのなかったまま，ひたすらあとじさり，押しだされた．

　こうしてちょうど店店がにぎわいだし，親の地位と収入とのつりあいも戦争まえのそれをとりもどさないまでもそのぶん年功はすすんできてなんとかましになりそうかというまさにその時点で，そのときなにが必要かの判断が子じしんで妥当につけられるようになるまさにその時点で，交歓はおわり，五ねん半して旅じたくだけがよろこびに甘かった．

　にんぎょうの家は，しばふをいみするらしい浅みどりの板に固定された，よこはばとおくゆきが三対二ぐらいの単純なひとへやでうちがわぜんたいをくりーむいろに塗られ，しも手の壁に白いえんとつと窓，かみ手の壁に屋根とおなじに朱いろで山形のひさしのついた出入りぐちをもっていた．らんぷやゆりいす，円卓や戸棚などを配してあそぶために，しょうめん手まえはまったくあいているのだが，むろんそこには壁と窓が，いちばんゆずってかんがえてもがらす戸のなんまいかがあるはずだったから，にんぎょうたちの出入りはかならずひさしつきの開口部からでなければならなかった．比率としてはいくぶん大きすぎる犬小屋が配されるときには，そこから出ていった犬が出入りぐちでないところから室内にふみこんではにんぎょうにしかられていた．もっとも，その家に見あう身たけのにんぎょうにとりあわせられる犬としては，軽すぎてころびがちな木彫りのすこっちてりあしかいなかったので，幼児が手ざわりをおもんじる気ぶんになっている日には，しかられるのは犬ではなくて水いろの熊であった．

街のかざりまどですばらしく大きな三階だてのにんぎょうの家を見つけたのに，売りものではないとゆずってもらえなくてとてもざんねんだったと五さい児が聞かされたのは，じっさいに三階だての家に住んでいたおわりごろのことだった．もたらされない贈りものについてわざわざ話されるのなどはじめての者は，そのついに見ることのないだろうものの細部について，すこしあっけにとられて聞いていた．一そう目から二そう目へ，二そう目から三そう目へ，手すりつきの内階段がちゃんとついていた，大小のなべをかけつらねただいどころも鏡つきの浴室もあって，きゃらめるほどのせっけんもおいてあった，へやごとに壁がみのもようが変えてあり，げんかんには油絵の額とぼうしかけもあったと，見てきた四十三さいは熱中していた．

　その話が，小いえにうつってだいぶたったころにもういちどくりかえされたことがある．よほどこころのこりだったからとしても，むしろおもいだすのがたのしそうな語りくちで，小児のほうでも三ねんほどは長じていた愛想に，聞きおぼえていた細部を言いそえていっしょに興じたが，そのときいくらなら売るかとせがまれた店主が展示用の品だからと応じなかったということに，ひそかな安堵をかんじてもいた．そんなものが小いえにおかれたとしたらいかにもみれんがましいとおそれた．五さい児はつなげてかんがえなかったが，すでに移転がきまっていたかとおもわれるそのとき，おとなじしん，豪華で精巧ながんぐで幼児をよろこばそうとだけ執していたつもりだったとしても，手ばなしたくないくらしを手ばなすこと，ひとり子のはじめのぶたいを早くもまわさなければならないじじょうがこだわられていないはずはなかった．

　だが二ど目のその話のときにも，まだかきわりの変更は役わりの変更をせまっていたわけではなかった．一そう目から二そう目へ，二そう目から三そう目へ，階段はあることになっていてくずす者はいなかった．

〈満月たち〉

　所有をおかしたりおかされたりするばめんに出あうことなくすごしてきた者がはじめて群れにまじったころ，日に日にすんぽうをふやす小児たちが使いすてていくべき物の補充は戦乱のためほとんど絶えかかっていたので，群れの所持品はとりどりのじじょうからおもいきってとりどりで，箔押しつき一まい革の背かばんに書けない書きどうぐや消せない消しどうぐが入ってもいたし，紙と塗料でどうにかかっこうにしたのがたちまちこわれたのをみゃくらくもないもようぎれでつくろった背かばんに，裁ちぐちにきんをまわした透かしいり極上紙のちょうめんが入ってもいた．ひしひしとそまつになりまさる身のまわりにぜいたくがまだらに消えのこり，六さい児たちはむかしが熟していたという転倒した観察をかかえて背たけを伸ばしていた．

貼り絵をするための色がみのよういを教員が言いわたしたのは，もっとまえならば，あるいはもっとあとならば，似たようなものが買いととのえられてきたろうし，だからいっそはじめからおなじものをくばるほうがめんどうがないわけだがそれができず，それでもめいめいの親の調達の才覚にまかせておけばなんとかなろうと逃げられなくはない，さかい目ぐらいの春だった．

ころあいに張りのある色無地でましかくな紙たばは，折ったり切ったりしてつどあそびすてるものだから，伝統文様の木版ずりとか漉きこみやしぼのある凝った紙の大小がかさなったり巻いたりしているひきだしにもかえってのこっていなかったが，色をつけたがわをうるしぬりのようにひからせたびんせんぐらいの大きさのならひとそろいあって，すこしまえ，めんが作られたとき髪の毛になったため黒を欠き，赤のすみからはくちびるのかたちが切りぬかれていたものの，無地で色かずがあるというじょうけんにはじゅうぶんかなっていた．

しかしそのつややかなものたちは，時間がきて机のうえにおかれたとたん，けたたましい群れにおそわれてすべての色を散らしつくした．教員の足おとでいっしゅんにそれぞれの席へひきあげていったあと，つややかなものたちをたずさえてきた者の机には白と灰いろの二まいだけがあったが，それはおわりから三まい目を手にした者の慈悲だったか，だれもほしがらなかったからか，それともただ一びょうか二びょうの運がすくいのこしたのだったか．

けたたましさにあっけにとられて，だがおこるとかとりもどそうとかはかんがえつかなかった者は，言われた作業のための選択肢の少なさにいくらかの困惑はよぎらせたが，かえって気らくにすぐとりかかった．くばられた台紙のまんなかに灰いろのをそのまま貼りつけ，まるく切った白をその上に六つ並べた．六つというのは糊の入った大ぶりのつぼで型どったところその紙で六つとれたというぐうぜんなのだが，だからまたおなじ大きさの灰いろの長方形によこに三つたてに二つ貼り並べたときもちょうどどうどうといっぱいになったのだった．貼るまえにためしおきして目だたないようなしるしをつけておいたり，中央をきめてからわきを配分したりする手じゅんは，おとなあいての紙あそびでしぜんに習熟されていたので，色をうしないつくし，だまってなめらかなその一まいは，おもいがけなく晴朗なしあがりになった．

　十ねんたって，その淡淡と押し並んだ六つの満月を想起した者は，いささかあきれながら，かたちや大きさにいくらでも変化はつけられたろうにとか，六さい当時名人芸にたっしていたはずのれーすあみ状の雪輪の切りぬきをまぜて部分的にかさねたらとか，さまざまのくふうをおもいうかべてみた．しかしけっきょく，そんなさかしらのいっさいないことが迫力になっていたのだろう．それはまた，がんこないっぽん調子，他者へのむかんしんでもあった．うばわれた色でどんなににぎやかな図がらが貼られたのかを見ようなどともてんからかんがえおよばなかった者は，手もとにのこったものの少なさになげきもいじけもしなかったし，かといってその不利を逆手にだれよりもみごとにやってのけようなどということさらな気おいももたなかった．もはやその淡淡をうしなったとかんじていた十六さいに，六つの満月はこうこうと遠くおもわれた．

　さらに四十ねんがすぎてふと想起されたときの満月たちには，ほのかにべにさした花ふぶきが舞いしきっていたが，それは，群れの手にもともとどんな色があったのかなどにきょうみもなく，だからまたじぶんのをまもろうなどとおもいつくはずもなく，あるままをさらし，たちまちうばわれた，うかつな無防備と反射的なおもいきり，なりゆきのひきうけ，あるものでしのごうとするいさぎよさあるいはおろかさを，おろかさとわかりながらいつまでもきらいにはなれない者が，おなじおろかさをくりかえしつづけたまま死んだ一代まえの者にたむける，共感と苦笑の供花のようであった．

〈暗い買いもの〉

天からふるものをしのぐどうぐが，ぜんぶひらいたのやなかばひらいたのや色がらさまざまにつるしかざられて，つぎつぎと打ちあげられては中ぞらにこごりたまってしまった花火のようといえば後年の見とりかたで，身がるげに咲きかさなるものの群れを視野いっぱいに見あげていた幼児はまだ打ちあげ花火をあおいだことがなかったし，傘というものの必要性も売り買いということのしくみもいっこうかんがえたことがなかった．あそびなかまをつくるまえに片親の転地療養にともなわれていき，感染発病しておとなたちとだけですごし，要るものも要らないものも身のまわりにありあまっていた者は，そとからなにかを取りこみたいという感覚を欠いたままでいた．

所有ということにうかつでありうるからは所有感は十全にまもられていたのであって，いちど見知ったあそびどうぐが取りあげられることはけしてなかったし，それら統治下にあるとうたがわないでいいものたちについてなら好き嫌いはげんみつで歯ぎれよく，にんぎょうやぬいぐるみのようなかおをもつものたちは目はなの描かれていない極小の紙ざいくにいたるまでむろんのこと，びー玉の一つごと，かるたの一まいごとにでも，そのときどきのひいきの序列はまよわれず，いくどでもおなじじゅんに並んでしまうのだった．それら，どんな下位へとはずかしめておいても逃げないものたちの遇しかたは熟達されていた．

しかし，ふいに現出した見わたしきれない群れからひとつだけをよぶこと，ぎゃくにいえばそのひとついがいのすべてと向きあうひまもなく別れること，そんな重大な儀式を不用意にうわのそらにやりすごさなければならないことはひたすらおどろかれた．

じっさいには，そのときの幼児の身たけに見あうごく小ぶりの傘にはそれほどしゅるいがなかったので，おとなたちどうしのやりとりはたちまちすんでしまい，うなづくことだけがうながされているばめんでうなづいただけの者は，でもしきりになにか言いたかった．言いたかったのが，どれをほしいとかほしくないとかではなく，いまえらびたくない，えらべるはずがない，えらぶ気になってからえらびたい，えらぶ自由をいっしゅん見せかけだけちらつかせられるようなのではなく，決めない自由，保留の自由，やりなおせる自由，やりなおせるつぎの機会の時期やじょうけんの情報がほしいということだったとさとるまでに，とりかえしのつかない千ものえらびのばめんがさしつけられては消えた．さきにじじょうに通じている者たちの気がるな提示に，意図はくみきれなくても，ただどういう反応が待たれているのかだけはわかって反応してみせるときの，とまどいと投げやりの視野をうめて，さざめきさる妖精たちのつばさはいつも華麗だった．

天からふるものをしのぐための，はるかに大きなもの，つまりは住むところをえらばせられたとき，もしくは見せかけだけえらぶ自由をちらつかせられたとき，まさにそのうえはないほど多くの未定をかかえこんでいた未成年は，たしかに背たけはほぼ伸びおえて，あまりふいうちでないことになら待たれているのとはちがう反応をかえす気力も即答をかわすちえもついてきてはいたのだが，いっしゅんにことの重さとややこしさに絶望してしまい，半ぶんの背たけだったときとおなじ投げやりのうつろに，飛びさるものたちのつばさのおとを聴いていた．

そのときの視野には，さまざまの住むところが並んでいたのではなかった．いっさいなにもなかった．そのとき，きいた者ときかれた者とが向きあっていた，家具でかこっただけのあやういばしょをふくむ小いえに，そのさきもずっと住みつづける気があるかどうかが問われたのだが，そうでないならどんな可能性があるのかの例示もなければ，いくらかなりと未定が整理できるまで決定をおくらせたばあいの得失のせつめいもなく，ことはばしょのもんだいではなく生きかたのもんだいなのだから七晩なり三十晩なりかんがえてからでいいという助言もなかった．

きいている者はそのばめんをすばやくきりあげたがっていた．べつの者にきかされていたのだからだ．きかれている者とおなじくらい，そんな時点でしばられいそぐかまえなどなかったのに，借りているよりも買ってしまうほうがと数字で判じうるふしぎな同居人から，それがけっきょく学生のさきざきのためでもあろうとのとほうもない観測をふきこまれ，それでいてやはりその時点できいたりこたえたりすることの深いむいみのうつろにいた．

なにもかもわからないが，待たれているへんじをするほかはないということだけはよくわかった者がかんりゃくにうなづき，大きな暗い買いものはなされた．じぶんののぞみをころすことがあいてにはもっともらくかとのとめどもないしりぞきあいから，どちらもまったくのぞんでいない暗い買いものがつぎつぎになされていった．

〈秋の靴〉

喪のいろの靴をもっていない者が喪のいろの靴をえらびにまぎれこんだ売り場に，まだどろのつかない動きださないうつろが端正でおびただしい．親が死にかけている者の，二十ねんまえに住みすてた土地とその一ねんほど住んでいる土地との乗りかえ駅で，街はほとんどなじまれていなかったが，もっと買いものに適したあたりへ出ていくよゆうがなく，ゆききのあいまをぬすんでなんどかたちよる者のまえに，炎暑のうら，店店はすでに枯れ葉いろや木の実いろをくりだしはじめている．

つぎの秋には秋の靴を買うだろうかときみょうなおもいにおちた者は，そういうささやかな享楽を封じられてきたのが二十ねんのことではなく，そのまえはなおのことゆがんだ封じられかたをしていたのであり，さらにそのまえは商品そのものがなかった，もっとまえは幼児だったとたどって，いっそう秋の靴にこだわっていった．

金銭管理を人まかせにすることがどれほど重大なけっかをよぶかへのうかつがとりもなおさず金銭管理のうかつだから，親子のくらしが無謀で乱脈と見え，観察者の改善意欲をそそったのはきわめてしぜんだったのだろう．未成年があまりの不本意をいぶかったときすでに，金銭はかせぎ手からじかにでなく，配分人から配分されるものになってしまっていた．その方式はかせぎ手じしんにとっても本代やつきあいの予想をこえた不如意をもたらしたが，がまんはかえって，そのぶん子のほうはすごしやすくなっているかのような誤認につながったらしくもある．戦乱の予後の不均衡な変動が手ざわりをまぎらしもし増幅もして，もともとうかつな者たちになおのこと得失をとらえにくくしていたが，ただじじつとして五十代もはたちぜんごもはなはだしい不足になやんでいた．そんなにとぼしいはずがないとあつかわれる圏に日日たちまじらなければならない中で，それまで知らなかったしゅるいのみじめさをそれぞれにのみおろしていた．

金銭が配分された日から三晩か四晩かだけ買い帰られる菓子箱のつつみがみの，菊の花，蘭の花，異国の塔．それらは，かせぎ手が学生どうよう，たちまちたりなくなるとわかりきっていながら，だからこそそんなはずはないとかんじたくての，必要にせまられるいがいのものもときには気ままに買えるのだとかんじたくての，いわば欠乏の記号だった．もっとずっととぼしくても，もっとしばしば手みやげの受けわたされた日日のゆうれいが，その三晩か四晩の菓子たちの優しい宝冠としてふちかざりとして，親と子と金銭配分人とにかこまれた．

死病者の入院さきが死病者の子にはじめておとずれられ

た日，泊りこみでつきそっていた金銭配分人が住まいまであれこれを運びに往復するというので，親子だけになれた数じかんがあった．なかばねむっている衰弱者を疲れさせないようすこし離れてすわっていた者が，そのときの同棲者に帰りがおそくなるのをれんらくしなければとたしかめた小ぜにのおとが聞こえたらしく，あるかとふいに衰弱者がきいた．金銭いっぱんについてのようなききかただった．衰弱者はさいふをもっていないのに，ないと言われたら，たりないと言われたらどうするつもりかと千の苦笑がふりはらわれながら，れんらく代のこととして，せいぜい足代のこととして，あると，さりげない軽さがこたえた．

家出人が家を出てしまってからの二十ねんの窮乏は，そのまえの六ねん半にくらべればずっとさわやかな窮乏で，ふうがわりにくずした身なりや布製の靴でしのがれ，それではすまないはずのばめんにも色さえかなえばとよせあつめられ，なるべくうらがわの手つだいにまわるなどされてきた．いっそのことこんどもそうして押し通したら積年の異様なじょうきょうを親族たち知人たちにいぶからせられるとおもうには，それでなにかが晴れるのでもなく，そのわけをけんとうちがいでなく察しられるみこみもなく，どたんばで，度をこした違和をよばないていどの喪のよそおいはまにあわせられようとし，すべてはとりつくろわれようとしていた．

そしてそのとりつくろいさえ，いよいよ近く死ぬときまった者から，どうこじれてもいくばくかはのこされるものがあろうとあてにできてようやくかなうことなのだったが，親が死ななければ親の死の儀礼につらなる身だしなみもととのわないところに追いこんだのは，えらばれた生きかたそのものであるにはちがいなかった．生きかたをえらんだ者は，靴はえらべなくてもしかたがないにはちがいなかった．

〈草ごろし〉

道ぜんたいががむしゃらに草をつめこんだみぞのように見え，知らない者には道なのかどうかもあやしまれたし，知っている者は知っている者でなるべくよけたがった．ことさらに雨あがりなどでなくても，夜つゆ朝つゆ，ねばったり刺したり染まりついたりするものたちにまみれるわずらわしさ，ましてめったにないことながらぎゃくから来たどうし行きあえば，どちらかがふみこむほかない茂みの底はどうくぼんでいるか，どんな小動物やその死骸がひそんでいるか，ふんべつがあればあるほどたじろがれる．

　道はばの半ぶんはほんとうのみぞだった．よどんだ水路は，なだれかかる草のすきからわずかに空を映して夕あかねを浮かべることもあり，とぎれとぎれのぬかるみになってひびわれたどろぞこをのぞかせることもあった．のこり半ぶんのさらに半ぶんのふみかためられた土の色もおなじくらい見えがくれで，しかもみぞにむかってななめにけずれてすべりやすく，あちこちに大きなえぐれもある．ただ，土の色とみぞとのさかいだけは小ぶりの種族でうずめられ，とりわけほそくてまっすぐな茎をさかしまの雨のようにはえそろわせた種族が断続してたくさん並び，かろうじてたどれるあたりの上下左右へのくねりのさなか，静かに天をさしていた．春の若みどりはかくべつ美しく，じみな色の種子をかざっている季節も小粋だった．

　両がわからかしぎかかる垣にまつわりあふれそのまま道の草にからみひろがるつる植物の放埒にどうかするとこころもとなくゆらぐ視界に，その草が天をさすのをたのみにこのんでその道を通りならわしていた小児は，やがて石も穴も足うらがおぼえて，その道の空の色，その道の鳥の声，その道の十時の匂い十一時の匂いとなじみおぼれた．宵やみによろめくことなくひといきに走りぬけるあそび，足もとからひかりにげる青い虹のような小爬虫類との出あいの回数を予見するあそび，その土地にはごくまれな積雪の日，枯れてかさのへった草たちをひれふさせて土もみぞも白一色なのを，道のさそう目かくしあそびと応じもした．

ほかからもまわれる出ぐちのむこうになにかがあるからというのではなくて，その道を通る者にその道を通る想念をくぐらせてその道はあった．しかし，あるとき両がわのあき地と延べたらに均らされて家が並び，ごくあたりまえのはばのあたりまえの道になった．それでも，たえだえのかよいじを足うらに知っていた者がさしかかると，ふとあの通りがての草の道の空の色の亡霊，十一時の匂いの亡霊がかすめることがあった．いつか，灯したてられてにぎわいどよめく雑踏の底と変わっても，あの草の亡霊は天をさすか，よごれた水のおもてのよごれない夕あかねの亡霊はかがよいたゆたうか，ついに道でさえもなくなり，あたりぜんぶが巨きな建造物にふくまれてしまってもか，そのはるか地面を離れた階のろうかをたどる者にも，ふりあおぐ頭上にさしのびている草の葉を通してべつの草のべつのかたちの葉の亡霊が透けてさやぎ，かけぬけざまに跳躍して遠いほうの葉にさわってみようとする手をさざめきあやすか，それならばまた，そこでなくても，どこだろうとあの道でないことはなく，どこにいようとそこがさながらにあの道でないはずはないか．

　秘事をからめこんだ濃密な茂り道が，均らされひろげられ建てものを並べていった時期と，住まいの庭の草たちが皆ごろしになっていった時期とがかさなる者は，そこを通るとすべてそれらの影たちにとりまかれかかるのをもてあましてことさら足ばやになったが，住まいにいて住まいを見まいとしていたから，それでもせめてそとにいるときの気のゆるみに，ほそみちの陰画の上空には，びろうどという織りものがそれからかんがえつかれたかのような深紅や，精巧な雪白極小花のはじけとぶ花序，かくれまろぶ青い玉むらさきの玉などが，はるかなまひるの星座を組んではほどいた．

早いうちに異議が表明されれば五わりがたの種族はすくえたか，七わりがたまで修復できたかというようなことはいみをなせなくて，うたがわれたことのなかった所有感がうたがわれた日にぜんぶが非所有にうらがえった．十ねんよろこびを汲ませてきた庭は，食用のものたちを植えなくなっての六ねんに野性をつのらせ，外来者の目にはたけだけしすぎうっとうしすぎ，まったくなおざりにされているとの誤認は当然だったかもしれない．しかしもしほんとうになおざりにされていたのだとしても，だからといって保持権も関与権もないとあつかわれた者の驚愕は深すぎて，いっしゅんの総放棄しか反応されなかった．必要とされ執着されていたのは，個別の微細なはしばしであるとどうじに，それらの動きやまないせめぎたわみぜんたい，見つくさなかった，いつまでも見つくせないだろう未完の盛衰ぜんたいであって，ひとたびみだされればとりとめのこされたものもすでにべつのものだった．

外来の観察者がゆるせなかったのは，なおざりそのことというより，どんななおざりもかまわないとする野放図な信頼だったのだろう．半だーすのきょうだいでそだった者は，庭だろうと親だろうとかかわりを維持するためには相応の努力，はた目にもわかるかたちの努力をしつづけなければいけないとおしえこまれてきたのに，ただあるがままで寵されて不安をしらないありようがとつぜん現前してその倫理をあざけったとかんじて逆上し，あるべきでないおごりと義憤をそそられ，それでいてそのありようこそかつてかんがえたこともなかったうらやむべきありようだと渇望した．そして渇望したのがそのようなむじょうけんの生存承認であるにもかかわらず，しみついた習癖が相応性の秤量という観点をまぜもつれさせて，横暴な忘恩者よりも，ねぎらいと助力とでむくいようとするけんそんでこころやさしい者こそがその席にふさわしいとねっしんに信じた．

寵の根拠をそとから測るまなざしは，ちょうどきわめてあやうい間合いであったために，測られたがわにも過大な反応をひきおこした．未実現の混沌にもがく変態途上の不定形は，ながめてたのしい生きものでないとみずからもてあまされ，与えられたものをついやすいっぽうであることにいなおる鎧も謝恩を示す花かざりもととのえきれないまま，からだだけは重くみのり，もはやなんのささえも要しない活力と見えた．そう見えるとおもうことでいっそうこわばっていた.

子から親も,親から子も,こうはしておくべきでないと熱心に信じた者により,なんどか草ごろし人がよびいれられ,庭はやがてあるとわかっているものしかない庭となった.そして断じてその庭のようになりたくない者は出ていった.

〈虹のゆくえ〉

草むらをひかりぬけていく小型の有肢爬虫類に出あったらおやゆびを見られないように,見られると親の死に目にいあわすことができないといういさめをなんにんもから聞かされた小児は,いくつかの夏の道でいそいでおやゆびをにぎりこみもしたのだが,そうとほんきで信じていたわけではないのとおなじくらいに,そうであったからといってそれがそんなにさけるべき事態なのかどうかがさだかでなかった.すでに片親をうしなっていてそのときをおぼえていない小児としては,はじめからあやうさは半ぶんなのだという軽さがあったし,そうなったからといってことさらこころのこりになるともかえってうたがわしくなっていた．のこる片親が大かたのなかまたちの親よりも年かさだとはしょうちされ，その死への観念的なかくごならごく早いうちからつけられていたが，きょうだいも親の親もない者にはそなえのかまえようもない転変であってみれば，いあわすとかいあわさないとかのほうはいっこうせつじつを欠いていた．

聞かせたのがひとりふたりでなかったからといって古いあるいは広い口承ともいえず，だいたい聞かされた小児はすぐまたべつの小児に聞かせたし，するとたちまち右ならば左ならばというような細則だの，うかつにしていたばあいのとりけしのまじないだのがくわわって還流してくるのだ．どのみち隠したときにはもう，すばやいものたちは去っているうえ，地をゆくものたちがはるか頭上の二脚歩行者の手ゆびの一ぽんを，あるなかまの言いまわしのようににらんでいくなどということもありそうにない．しかし，いさめの多くが衛生じょう礼儀じょうの根拠をもっていて，だからそうとわかってしまうとむぞうさにぬぎさられていく中で，じかの効用のおもいつかれないまま，青くちらつくいっしゅんの細身のこだわりはくりかえしあちこちの草ぶにゆくえを絶った．

一つ目の死に目について，死に目そのものの記憶がないのは，幼さをさわがせまいとしたおとなたちの配慮がゆきとどいたせいだったのか，それとも死ということじたいがりょうかい不能だったので見ても聞いてもはじかれすべりおちてしまったせいか，ばめんはいきなり通夜のざわめきである．二つつなげたざしきに遠路を集まってきた縁者たちがいっぱいにすわっているすみで，ふだんから専用の小さな折りたたみぜんのまえに四さい児がいる．転地さきの別荘の造りは，ほかにひかえ室としてたてこんでいる小べや一つしかなく，世界でなにがおこっていようと幼児の摂食が欠かせないからはそこしかばしょがなかった．すぐそばにすわっていた客が，ひとりでおとなしくとほめ，食後の飲みものをとだいどころへ立ち，くだものをいましぼっていると告げ帰った．幼児にしてみれば見はからってそれがもたらされるのはきまりきったことなので，おとながかってにやさしさを踊っているというかんじの，かおも名もないひとこまだが，そうしたかすかな気のどくさの感想だのはこまごまと受けとめながら，かんじんの死そのことをどう聞かされどうなっとくしていたのかはまったくぬけている．おとなどうしが，まだわからないのであろうと話しているもっとむきだしのひとこまも，それが幼児じしんについてだと，幼児じしんの片親の死についてだとあっさりしょうちしてながめていながら，やはり死そのことにはぜんぜんさわっていないのだった．

　つぎのばめんは焼き場わきの花野である．背たけをこえたあたりに淡紅のゆらぎを無数にかかげたものたちの，精巧な透かしあみ状のやわらかな葉いろにとりまかれた四さい児がいる．焼き場ということばをおぼえ，死体が焼かれるのを待っているのだとたしかに知っていたのに，そのことへの情緒反応のいっさいまつわらない，宙づりの明るい時間だけがある．

　そんなふうで，一つ目は，いあわされなかったのではなく，いあわされたかいあわされなかったかの記憶が欠けている者は，むしろは昏睡者のまくらべに静かにすわらせられていたというのがいちばんありそうなことと長じてじょうきょうをたどり，そうだったと想起できた気さえしてきかねないことがあった．見まもっていたそのしゅんかんがすぎて片親と医療者とがあいさつをかわし，それをきっかけににわかにあわただしくなるまひるが見えてきてしまう．だがその真偽のおぼつかなさはどんな傍証によっても補修できないぜったいのあやふやさをもつたぐいのものだったし，話題にされることのけしてないままに三十八ねんがたち，二つ目があった．

二つ目についても話題にされたことはいちどもない．ひとりだけの子がいあわしえなかったとは，ちかしい者ほどかえっておもいもつかなくて，あえてたしかめなどされなかった．七しゅうかんにわたる死病者の入院ちゅう，その子がじぶんの住まいにほとんど帰れなかったのは知られていたし，衰弱死がさほどとうとつともかんがえられないからだ．

どの時点でもそうするしかしかたのないことをしていた者は，どの時点でもすでにあきらめていたようである．あるはずもなさそうな，ないはずもなさそうななりゆきに，どうであろうと指示人の指示にさからわないのがまだしももっとも静かな死への協力かと，七しゅうかんのことではなく，一万にちずっとそうしてきたとおなじに，臨死者とひかる十ねんをくらした土地の草いきれのうつつなさで，そのあちこちに青い虹たちを見うしなうときのひとすじごとのすべのなさで，はるかむかしからあきらめられていたようでもある．

〈ねむらせうた〉

そとの夜にはあらしがはしゃいでいて，とりわけ竹ばやしがさわいだ．建てものからはかなり離れているのだが，かみなりや窓がらすがはたたくうらにずっと竹のにぎわいがあり，前日窒息死しかけた者をかこむ，強制的に呼吸させる装置や脈拍のじょうたいを映しだす装置や血管にしずくをしたたらせつづける装置の規則的な動きと，よびあったりふいにはぐれてはるか遠くへかけりさるけはいをさしつけたりした．

一昼夜しずくにいれられてきた麻酔薬が切れかけたので，装置につながれた者がはたたきのひとつに目をあいた．衰弱者と器具の動きとを見はっていた衰弱者の子が，そとはあらしなのだとささやくとはっきりなっとくした目つきになり，翌日には機械をはずせるからもうしばらくというのへ，のどおくに管をつきいれられてうなづくこともできないじょうきょうの中へ目ざめたじょうきょうじたいをりょうかいしたまばたきでこたえた．

またねむってはなんどかあく目を，受けとめてはえがおでうなづく者は，じぶんが死神をやっているという気がした．なんとかして生へひきもどそうという方向の不安やあせりは，見せまいとしているのではなくほんとうにない，ないことを見せまいともまたしていない，ひたすらそれでいいと，そのときそのときいちばんらくなようにしていろと，むだに苦しむな，らくになれもっとらくになれつまりらくに死ねとおもうことは，それもいたわりでありはげましであるにはちがいないが，ありようのままをうけがい，すなわち死に向かうことをうけがい，さりげなくじょうずにすべりこんでいこうとさそいかけているようなことだった．

おなじ設定であけるだけのつぎの幕ならば．

ごういんにひきもどすからは，この二十ねんないし二十六ねん半をたばねすてて，これからはまたふたりだけでいっしょにくらそうと，あるべきだった似つかわしいくらしをたがいにもちなおそうと，まよいなくまっすぐに宣せるのでなければならない．そうできるのなら，近づきすぎた死からひきかえすらくではない千じかん二千じかんをあえてしのごうとけしかけあってもいい．ごく短くてもあるいはじっさいにあけられなくても，あけると決めてそそのかしあえるのなら，すなわちそれがつぎの幕である．

しかし，二十ねんないし二十六ねん半に逸しかさねられてきたおびただしい機会とおなじに，おびただしい機会は死の床のまわりにも逸しかさねられた．まだ弱りつくしていないうちにはそのゆえにひかえられ，すでに弱りつくせばそのゆえにひかえられて，けして言いだされないでおわることばがひしめきふえる．親も子もそうされるしかないのをよく知っていた．二十ねんないし二十六ねん半，じぶんもそうしかできなかったのだ．

二十ねんの子のくらしの実態を親は知らない．きこうとしたこともなく，住みかわった八か所ものどこも見たことがない．どれほどみじめであろうと，なんとかじんじょうであろうと，だからどうするということのできないのならいっそまったく知らないことがえらばれた．これも八しゅるいほど変わった食べるためのしごと，ずっと変わらないほんらいのしごと，のぞんだ見聞，のぞまない見聞，いくつかの恋と，よくもわるくも立ちどまれない生の夏日のめまぐるしさへ，ころんでも泣かないがじぶんで立つのを待たずにおとなが手をかすとくやしがって泣いた二さい児をわすれていない親としては，しゅうしいっさいのくちだしをしないのが最上の礼儀とひかえられた．そしてそこまでならたしかにそれで最上なのだが，親には子の代理，子には親の代理をしているつもりらしい情報媒介者の質問への精確であるはずもないこたえがさらにいちじるしくゆがんできれぎれにとどくのであれば，推測のけんとうちがいがこうとうむけいの域のものであったろうことはさけがたい迷路であった．

それにもかかわらず，生きものとしての親の勘は，おなじ設定であける幕の限界にまさぐりとどいていたようである．生きていて手をかせることはないが，死んで手をかせる，死ぬことが贈りものになると衰弱者は死神のえがおを読んだようである．

機能のおとろえた老年者をよく休ませることと，老年者が休みつづけているばあいの機能のおとろえとのむずかしいぬけみちは，入院後の四しゅうかんぬかるんだままであったとはいえ，食べものをのみこみそこねて気管をふさいでしまった前日の事故までは，もういちど病者なりの静かなしばらくをもてる可能性がのこっていなかったのではない．だいいち，もしぜひとも生きようと意志すれば，意志させれば，その四しゅうかんがその四しゅうかんのようではなかったろう．じぶんががまんしてなりゆきをうけいれることがあいてにとっていちばんらくなのだろうとの，なかばはものうい見すてあいがまたしてもねんいりにくりかえされて，親と子のやれたことやれなかったことに吹きかよう風のおとが，単調な三しゅるいの律動にともすれば吸いこまれる徹宵の死神のねむけにからみ，竹の闇づたいに遠近していた．

ねむらせうたは，それを生きはじめの記憶逸失期にくりいれてしまう者だけを聞き手とする，きわめてひそやかな現前である．

おぼつかない円や三角を書きはじめた幼児の寝間のばめんはいくつかあっても，うたはなかった．そんな早い夜に，さきに死んだはずの親がとなりのふとんの中だったことからも，あてがわれたなんまいかの白い正方形がそろって粉ぐすりをつつんでいた折り目をもつことからも，早逝者はすでに病みはじめていて，それでそういうあそびかたあそばせられかたをしていたのだろう．転地さきではふすまをへだてた寝間になり，早逝者のねむらせうたの記憶はどこにもないままになった．

のこったほうの片親のねむらせうたならばある．ねかしつけて二そう目へひきあげ，ひとしごとのあとじぶんもねむりにもどってくるその片親のほか，使用人たちの朝まではあがってこない三そう目の四さい児のまくらべの，まちがいなくたったひとりの記憶にしかあるはずのない，ひそやかな甘いうただ．つぎの時期それは妖精譚の百の変奏にかわり，それからまた海辺の町にひきうつってからは，入眠見はり人がただそばにすわっているだけの一ねんほどがあった．

そろそろひとりでねむるかという提案は，からだがしっかりしてきてかえってたあいなく寝いってしまうようになっていた小児にとっても，それからの数じかんがしごとどきであるとはいえひるまの時間もかなりあった戦時の学究にとっても，大してせつじつな是非ではなく，ただならわしの変わるもの惜しさに，それでは定期乗車券が切れたらばというのが七さい児のこたえだった．

初等教育には小児にも歩いてかよえたが，ひとえき電車をつかうほうがらくだし，いっしょにかようなかまに合わせてどちらでも好きにできるよう，半ねん単位の巻がもたされていた．中央の大きな数字が未来の期限を示しているのだというのがおもしろくてとっさのおもいつきになったのらしい．ひとりでねむりにつくということと，まったくべつのつごうからのはんぱなその日づけとのかかわりのうすさとおなじにのどかな，ちょうどその日づけまでころあいの日かずかというひかりまさっていく季節の，きげんのいいむつごとのほのやみだった．いちどごく短いねむりにおちかけてふたたびあけるともなくあける小児の目は，それを受けとめるねむらせ手の目に，夜夜，どんな例外もなく，またあした新しい幕があくことの保証を読んでいた．

〈こま〉

病室の窓からはくりかえしおなじ曲が押しいってきた．小児たちを競走にかりたてるのに似あうといつだれがかんがえついたのか，聞けばすぐ運動会またはそのれんしゅうなのだとわかるほど常用されてきた曲で，近くにがっこうがあり秋の学期がはじまったのだとも知れた．

半睡半醒に似あうとはとてもいえないが，もともと好きな曲を背景にしたいというふうなことさらも，押しいってくるものをあえてこばむめんどうもいっさいよけていたいたちの病人であるし，そのへやのつきそい人たちふたりには既往症であるから不安はないとしても，菌と匂いとがこもらないようにできるかぎりあけはなしておくしゅぎの病院なのでふせぎようのない残暑の音量である．

まくらまわりにもおよそ当の者のこのみではない配色のどうぐや布るいが雑然とおかれ，すでに目をあくこともまれな者であってみればどうでもよいことにはちがいないが，そういう物たちの中で死に向かっていく現在，そういう物たちの中に放置されてきた年月が，押しいってきた曲のそそりたてによってにわかにへやうちに浮きちらかった．

じぶんとよりも安穏な日常かと還暦者をまかせて出てきた者は，そのいれかわり熱望者と二十ねんにわたって半にちいじょう同席したことがなく，それもきれぎれに間遠にだったためもあって，つどじっさいのいちいちではあきれさせられたにもかかわらず，どこかでじぶんが学生で家事がかりが三十すぎだったころの有用度をなぞらえつづけていたところがあった．泊りこみのるすばんにたのまれてみて，そのくらしかたがただの停滞などではなく，二十ねんまえにならその者なりにあった基準や平衡が破砕されての異様なゆがみとおもいしらされた者は，だがまたそれはじぶんたち親子のような対処に出あったふつうの者のふつうの反応なのかもしれないと，だからその異様はとりもなおさず親子の異様なのだともおもいしらされていた．

　近年，べつのかたちでのるすばんがときおりひそかに危惧されていなかったわけではない．つまり家事がかりのじつの親が生地で病んで死ぬというようなじゅうぶんありそうなじじょうで一しゅうかんとか数しゅうかんとか代わりをするはめになったら，かつての住人がなにもかも捨てたいすっかりやりかたを変えたいとおもわずにいられないだろうことは，見まわしたくなくて見まわさないでいたあいだにも自明だったからで，それなのに老年をさわがすまいとして手をつけないですごす厭悪やいらだちなどどうかしてさけたいとねがわれずにはいなかった．けっきょくいきなりの入院となり，ほどなく二どとは老年のもどらない所とさだまって，るすばん人じしんがしばらくがまんすればすむことになったが，これほどと知っていてまかせておいたろうかとおもうそばから，げんに病室でのやりかたのすべてにも，どう言いまわしをくふうしても逆上するだけのあいてとわかっていてひたすら助手に徹しているしかないではないかと，るいるいたる異様にたじろぐばかりだった．

二十ねんのちょうど中ごろ，配偶者としての法的資格取得にくちぞえをたのむという家事がかりからのてがみを受けとった家出人は，とにもかくにも七十さいの身のまわりをまかせているからはそれがおちつくかたちかとなっとくして七十さいにそうてがみした．すぐのへんじはなかったが，おなじころ法的資格希望者じしんの身うちや老学究たちにまで応援の依頼がされたらしく，しばらくして親子が会ったとき話がされ，むろんさきだって子のほうからたのんでいたかたちなのだからあっさり合意された．そんなことをすればただでさえせけんからなぞらえられがちな推測をうけがい，とらなければならない責任でもあったかのように見えてしまうのに，共演者からまですすめられたすべのなさというふうには三十二さいの気がとどかず，いっさいの釈明はなしにおわった．

役職がかわった親が，何曜日はここと子に名刺をわたしたことがある．それまでのいつでも，まんいち必要が生じれば子から親をさがしあてることはそうむずかしくはないはずだったから，大していみもない情報として聞きながされ，たとえばときに食事にでもさそうようなことにはかんがえおよばれなかった．むろんたがいに繁忙をきわめていたにはちがいないが，そしてまたいまさらわざわざふたりだけで話をすることに抵抗がありすぎたにはちがいないが，ひとつにはまずしすぎ，かつそうは見せまいと秘術をつくしていた者には，親がそとでするようなまともな食事をねだるけっかになるというそれだけのことがよけていたいあまり，五ねん十ねんと年をかさねていく親のほうでどうしたいかまで気がまわらず，二十ねんは淡淡とすぎた．

　巻き貝のしんからにじりでた者は，小児をつれてしばしば長いさんぽをした．晴れておだやかな日にならいっそう長いさんぽになった．松と花木の庭庭にやぶまじりの，人と行きあうことのまれな土地で，よく知っている道も，まれにもぐりこむ道も，はじめての道も，ぜんぶうれしがられた．

　道が岐れるところにくると，小児が目をつぶってこまのようにまわる．ぐうぜん止まったほうへ行こうというつもりなのだが，どちらへだかあいまいな向きのことも多く，ふたりでわらいもつれながらやりなおされる．目をとじた者にさまざまな匂いがあふれよせた．***a***の道からも***b***の道からもあふれよせた．

Contents

なかがき

左からの文字列と右からの文字列とがおちあうここはとてもふしぎな居ごこちで，ましてここに半せいきの歳月がたちまよっているとなれば，ひろやかなのかおしつめられているのか，しずかなのかさわがしいのか，見さだめのつけがたいきみょうなおぼつかなさにとらわれます．

右からのたてぐみになっている，いわばじんじょうな姿をした三作は，二十五さいから二十六さいにかけて書かれたもので，このうちの一つ〈毬〉が第六十三回読売短編小説賞を受けて夕刊に全文掲載されたのが一九六三年，左からのよこぐみになっている，おそらくは見なれない書きかたの作品〈***a b***さんご〉を第二十四回早稲田文学新人賞に応募するにあたってこの形に仕上げ，二〇一二年のその受賞をきっかけに本書の刊行が叶ったのがいま二〇一三年，そのあいだがきっかり半せいきということになります．

右と左のあいだに書いたいくつかの作品は，五十ねんという長さに比してはあきれるほどわずかな量で，一ねんあたりにしたらいったいなんまい仕上げたのかと割り算してみる気にはとうていなれないくらいですが，作ることに専心できなかったさまざまな外のじじょうはともあれ，いちいちの，そしてまだおわっていない手さぐり足さぐりのためにはけっきょくこれだけの歳月を要したのかと，過ぎてみればただじじつとしてながめるしかないのでしょう．

そして，どうであったろうと，多くのぐうぜんにもたすけられながら半せいきを生きしのいでこられて，この，まえがきではなく，あとがきではなく，なかがきというものを書けるめずらしさにめぐりあえたことを，いまはすなおによろこびたいとおもっております．

このようなおもいがけない本の形を，提案し実現してくださった文藝春秋文藝局の武藤旬氏に，一貫して支持と協力を惜しまれなかった市川真人氏窪木竜也氏はじめ早稲田文学会の皆皆様に，とりわけこの，ともすれば読みにくいとしてのっけから排除されがちな異相の作品を，なんのじょうけんもつけずにまるごと受けとめてくださった新人賞選考委員の蓮實重彦氏に，このふしぎな場からあらためて感謝のひとことを申し述べられますことを，こよなく，しあわせにぞんじます．

ありがとうございました．

二〇一三年新春

黒田夏子

編集部注：「毬」ほか２篇は一番最後のページからお読み下さい。

著者略歴

1937年、東京生まれ。59年、早稲田大学教育学部国語国文学科卒業。教員、事務員、校正者として働くかたわら、同人誌に所属して小説を書き続ける。63年、本書所収の「毬」が、第63回読売短編小説賞（選考委員・丹羽文雄）に入選、紙面に作品が掲載される。2012年9月「*ab*さんご」で第24回早稲田文学新人賞（選考委員・蓮實重彥東京大学名誉教授）を受賞、75歳にして作家デビューを遂げる。同作は第148回芥川賞の候補にもなった。

ab《エイビー》さんご

2013年1月20日　第1刷発行
2013年1月25日　第2刷発行

著　者　黒《くろ》田《だ》夏《なつ》子《こ》
発行者　村上和宏
発行所　株式会社　文藝春秋
〒102-8008　東京都千代田区紀尾井町3-23
電話　03-3265-1211（代）
印刷所　大日本印刷
製本所　加藤製本

定価はカバーに表示してあります。万一、乱丁・落丁の場合は送料当方負担でお取替えいたします。小社製作部宛、お送りください。
本書の無断複写は著作権法上での例外を除き禁じられています。また、私的使用以外のいかなる電子的複製行為も一切認められていません。

©Natsuko Kuroda 2013
ISBN 978-4-16-382000-2　Printed in Japan

毬

毬は黒光りして硬く、タミエの掌のくぼみにきっちり嵌りに昇って来た。何度だって昇って来た。強く打ちつければ強く、毬は撥ね上がってタミエの掌に戻った。

タミエは、みんなと毬で遊ぶとすればどうしてもしなければならないあれこれの芸当に関しては、そのうちの一番易しいのでさえ、なんとも見ていられないほど下手で、というより、滅多にできたことなんかないのであった。でも、ただ突いているというだけならいくらでも続く。毬を突く、ということはこういうことなんだとタミエは一人で合点し、そして大抵一人で突いた。街並から奥まった庭の広い邸の、常には開けられることのない表門の甃《いしだたみ》などで。タミエの家だったらその門構えの中に、そっくり一軒建ったろう。白っぽく、広々と閑かで、毬の音は世界中を充たすように響く。その遠い木霊を聴きながら、鈍く光る毬の上下するのに見入っていると、気が遠くなりそうな、続けることが哀しく、続けないことはなお哀しく、いたたまれない快と不快のごちゃまぜに縛りつけられ、そんな時ふと吹き通る

風に花の匂いがしたりすると、タミエは怒ったように毬を叩きつけた。それでも毬は光って丸く硬く、タミエの掌のくぼみにちょうどいい大きさで忠実に返った。

　タミエは時々小声で歌った。でたらめに。山鳩が、寝呆けた声で啼いたので、どこにいるかと探していたら、山鳩いなくて百合の花、藪の中には百合の花、大きな大きな百合の花……。

　タミエの友だちの歌う、本当の毬唄はこういうのだ——一リットラ、一コーシ、シラホケキョーノ、タカチホヨ、ジョーテンカ。

　タミエには何の事だかさっぱりわからない。でもみんなとてもよくわかっているような顔をしているから訊いてみるわけにもいかない。終りのところがジョーテンカではなくてリョーテンカだと云い張ったサアちゃんと松ちゃんの大喧嘩の時には、タミエさえも意見を求められた。普段はタミエなんかどうせものの数には入らないのだが、リョーテンカの支持者があんまり少なかったものだからサアちゃんは躍起になって、とうとうタミエにまで持ち掛けたのだ。ねえ、タミちゃんもそう思うでしょう？　ジョーテンカなんて変よ。リョーテンカよ。ね、絶対よね。もちろんタミエはサアちゃんの勢いにたじたじとなって逆わずにいたものの、どっちみち全然わからないし、何語だかも定かでない。ホケキョーとかタカチホとかいうところはどうやら日本語のようでもあるが、それだって勝手にそう聞き取った者のこじつけた発音かもしれない。ともかくわかっていることは、これが一リットラから十リッ

トラまで続いて、次には一リットランラン、一コーシッシ、シラホケキョーノッノ、タカチホヨッヨ、ジョーテンカ。という風になって、つまり、節《ふし》のくぎり目でする曲突きを、二度ずつ続けてやるのを又十リットランランまでやって、その又次は左手で一リットラから……という工合の、タミエには限りもなく長く思われる遊びの順序と、それから、一コーシの「コー」というところでひどく高い音になるのでタミエは声を出すのをやめる、ということである。別にタミエの声帯が、並の女の子と違っているわけはないのだが、どうも高すぎる節まわしだと感じると、タミエは声を止めてしまうのである。全体を低い調子で歌っていたって、やっぱり「コー」というところは声を出さない。順番を待っている者はみんな歌っているので、タミエ一人がいつもそこで、口だけその形にして声を出していないという事情は誰にも正確には知れないのだが、それでもなんとなくタミエがいんちきをしているという印象は漂うのである。そういう感じのために、タミエは決して信用されなかった。これは嘘、それはいんちきだと指摘できないからこそ、うろんさはいよいよ確かなのである。

　一リットラは右脚を上げて毬をまたぐ。二リットラは右脚の外側から右手を差し入れて突く。三リットラは爪先で突く。四リットラは右膝で軽く上へ突き上げる。五リットラは、足は地面から離さないまま、右脚の膝を巧みに曲げて、毬を前から後へくぐらす。六リットラはそれを左脚で。七リットラは再び右側の、今後は後から前へ。八リットラはそれを左側で。九リットラは両足を上げて毬の上を横へ跳び越す。十リットラは高く弾ませておく間

に、自分がその場でくるりとまわる。そこまで行くとお続けというのをやる。それまでの技巧を一度ずつ並べるのだ。もちろんタミエはそんなところまでなんか行ったことはない。一番進めた時でも五リットラで日が暮れる。なぜならタミエは一度も五リットラの突き方に成功した例しがないのだから、そこまで来ればもう、何度でもその失敗を繰返しているほかないのである。

　みんなは大抵、一気にオツヅケ位まで行ってしまって疲れて来て手許が狂って番が変わる。だから遊び始める前に、十リットランランの時は毬が二つ弾んでもいいことにしようとか、左手の十リットラは廻るのも左廻りね、などと、タミエには全く無縁な掟を取り決める。オノバシナシ、というのもタミエにだけは免除された。タミエにだけ規則が緩やかだということはつまりタミエが競争相手として一人前でないことに誰も異議がないからである。こういう恩典の保持者はオミソと呼ばれる。味噌っ滓《かす》の略である。お延ばしとは、曲突きをする前の弾みが適当でなかったり、運悪く石に当って方向が外《そ》れたりした時に、二つ三つ普通の突き方でつなぐことであるが、タミエの足はなかなか持ち上がらなくて二つ三つどころではなく、みんなは、トオオオ……とかコオオオ……とか長いこと延ばして、息も詰まりそうになって、やっとラとかシとか云えるのだった。気短かな仲間のいる時は、タミちゃんいい加減にしてよ、と叱られたし、いくらオノバシアリだって、十以上は差し止めようとかいうことになるのであるが、実際のところタミエが突いている時間といったら極く僅かで、一

リットオオオ……ラ、でもう駄目になって番を譲るのだから、そこで十延ばそうが二十延ばそうが、一気にオツヅケやランランまで行ってしまうような連中が待ち遠しがる程のこともないのである。

冬うちは、お手玉の全盛だった。タミエはオテノセ、オツカミ、オハサミ位までは稀には行ったが、次のオコツリで始まる長い一続きの段階から先は、もう歌もよくはわからなくて混沌として、地平線の彼方という感じであった。お馬の乗り換えだとか乗り越しだとか、橋をどうするとか、その旅路の遥けさは幻の国といった趣である。そしてそんな技巧は一度もやってみたことがなく、順もわからない始末のタミエとしては、万一そんなところまですらすらと捗《はかど》ってしまって、お馬のなんとかなどというのをやる羽目になり、どうやっていいのかまるっきりわからないようなことになってタミエが一度もそこまで行ったことがないのが露見してしまうのは困るから、どうしたってずっと初めの方でつっかえて、同じことばかりしているしかないのだ。

そんな風だから、何も熟練などを要しない遊びでさえも、タミエは決して勝たなかった。運さえ良ければ勝てるような遊びでうっかり勝ってしまってはいけないのだ。いかにもタミエの不器用無能が際立ってしまうだろう……。

たとえばパイナップルチヨコレイトでも、タミエは必らず負けた。じゃんけんで紙《パー》で勝てばパイナップル、鋏《チヨキ》で勝てばチヨコレイト、石《グー》で勝てばグリコの、その字数だけ歩き、沢山

の距離を進んだ者が勝である。道で、あらかじめ決めておいた所まで着いたら又逆に戻って来る、という風にするのだが、それでも日が落ちるともう互いの出した手の形が読めないほど離れてしまって、大声で自分の出したのがなんであるか叫び合うことがある。するとタミエは、勝っているのにわざと違うのを云ったりする。得にならない嘘というものが考え及ばないたちの仲間は、もちろんタミエが他の者の出した手を知った後で自分の負け手を報告する場合の真偽については疑ってみたことがないのであるが、それでもなにがなし又例のうろんさが匂って、実際はタミエがその惨敗よりも更に輪を掛けて負けるべきだったのだという気持になるのである。

　毬は孤りでも突けるので、タミエはこの遊びがはやったことに感謝してよかった。タミエの毬は大きく立派ではないし、黄色いチョッキに蝶ネクタイなんかのおどけた動物の絵がついているわけでもないが、硬く張り切っていて、タミエの掌にちょうどよくて、忠実で丸くて光っていた。

　ところが、きょう、さっきから、毬はなんとなく弾み方を弱めて来ていた。初めのうちそれは、柔かすぎる砂地で突く時のような手応えだったから、タミエは場所を変えてみたり、力を入れて突いたりしてごまかしていたのだが、毬はだんだん変な音を立て始め、妙に軟かな手触りになり出した。もしタミエが真相を見究めることの好きなたちであったなら、強く押しながら表面をもう片方の掌で軽く覆ってみることによって、既にかすかながら空気の洩

れる状態になっている箇所を発見したことだろう。しかしタミエはそういうたちでは全然ないので、その不吉な軟かさが絶望的にまでならないうちに、ひとまず突くのを中止してしまった。毬が弾まなくなるなどというあり得べからざる成行きは無視するのが一番賢明だという風にタミエは思う。さっきから毬の手応えがおかしくなって来たなどということは「なかったこと」にしてしまえばいい、そしてすっかりそんな兆しを忘れ尽してから、さて何事もなかったとして突いてみれば、きっと毬は元通りよく弾むだろう。タミエの掌のくぼみに、きっちりと硬く撥ね返って来るだろう。

　そこでタミエは毬をポケットに入れて歩き出した。ポケットはいつも通り丸く膨んだ。邸の高い石垣に沿って、日の差すことの少ない横道へ外れる。石垣に沿って、といっても、石垣と道との間には、かなりの幅の溝がある。雨でないかぎり殆んど水はなくて、底に芹なんか生え、小蟹がたくさん歩いていたりする。その溝の更に下に、太い土管が埋まっているらしい。そしてそれは、この道の行き止まりから見える濁った大きな川へと注いでいるのである。向う岸は畑であった。いつもいっぱいに陽が当っていて、山羊がいたりした。タミエは川の向うへ行ったことがなく、こっち側もここしか知らない。なぜなら川のこちら側は、少なくともタミエの歩く範囲内では皆家の蔭になっていて、その川に接したところの地所に住む者でなくては川岸に出られないもののようであった。第一、所謂《いわゆる》川岸という風な、小石のある砂地や草土手などはまるっきりない様子で、この道のはずれにしても、片側は石垣、片

側は竹林が水の際までを囲い、唯一の途切れ目である道と溝との幅は、その間際で俄かに崩れたような工合に終っていて、朽ちかけた杭に錆びた有刺鉄線が絡んでいるあたりはもう川泥の、なかば塵芥《ごみ》捨場の、危なくて汚なくて降りては行けない。でもここはタミエの気に入りの場所の一つで、歩き疲れるとよくここで長いことしゃがんでいた。いつも日の差している明るい向う岸を見るのが好きだった。いつも左から右へゆっくり動く、僅かばかりの川に雲が映るのを見るのが好きだった。とりわけ夕焼が綺麗だった。けれど今日はやはりポケットが気になって落ち着かず、タミエは夕焼には間のある川を離れて引き返した。

毬を突こうかな。努めてさりげなく、タミエは思った。横道を出てからさっきとは逆へ曲がった。少し行くと四つ角に出る。その一角は松に野藤の絡んだ暗い林で、いつかその奥に、とても大きな鶏位もある鳥が思いがけないほど低い枝に止まっているのを、タミエは見た。タミエが話しても誰も本当にしなかったけれど、本当に鳥はいて、タミエの方をじっと見たのだ。でもタミエだって二度とは見たことがない。雉《きじ》みたいな顔つきの鳥だったが。今はグミの花ざかり。いつだってタミエはこんな風だ。

毬についていては、もう今度は疑いようがなかった。哀れな音で弱々しく二つ三つ弾んだあと、毬はあらぬ方へ転がってしまい、拾ったタミエはその裂目を見つけないわけに行かなかった。タミエはそれを空へ投げては受け止めながら、せっせと歩いた。

二度とは買ってやらないと、きびしく云い渡されていた。でも、毬はなければならない。

よく弾む毬が。タミエの毬が。毬はどこにあるか。勿論玩具《おもちゃ》屋にあるのだ。タミエは、毬を、新しい裂けていない毬を手に入れようと心に決めたが、タミエが無一文であるからには、手に入れるということは買うこととは違うことだった。

玩具屋はタミエの家の近くにもあった。鯛焼屋と兼業で、菓子と玩具のあいのこのような、食べるような遊ぶような極彩色のあれこれ、それからその時々のはやりの玩具、今なら毬と、男の子がはやらせている銀色の拳銃が山のようにある。でもそこでタミエが毬を「手に入れる」ことはできそうにないので、タミエの足は隣街に向いていた。

隣街へは、一度だけ紛れ込んだことがある。やたらに歩くうち偶然に賑やかな店通りへ出てしまって、なんだか慌てて引き返したことがある。でもちょっと見ただけでも店通りは随分立派で、玩具屋だって二軒も三軒も、ことによったら十軒位もありそうであった。

長いことかかって、それでもまだ日のあるうちに、タミエは見覚えのある角まで来ていた。その細い道の向うを、せわしい夕刻の人の往《ゆ》き交《か》いが見えていた。そこに来るまでタミエは、「手に入れる」ことについては何も考えず、ただ一心に道筋の記憶を追ったり、次の角までに犬に出喰わすかどうかという賭をやったりして来たのだが、いよいよもう表通りの賑わしさは近づいた。右へも左へも途切れ目のわからない遠くまで店並は続いていたが、それまでに出会った猫の毛色による占いだと、タミエは右へ行くべきであった。

二、三軒目にすぐ玩具屋があった。きちんと箱に入ったママゴトのセットだの、着換え付

きの睫毛の長い眠り人形だの、螺子《ねじ》で跳び歩く兎の縫いぐるみなどのある大きな店で、もちろん毬も、大きいのや小さいのや色つきのや網袋入のやらが沢山あった。タミエはちょっと立ち止まってみたが、又歩き出してしまった。いろんな店があった。十軒位過ぎると又毬が見えた。文具店なのだが、学童相手に野球や卓球の道具も置いていて、はやりの毬も仕入れたと見える。でもタミエはそこも通り過ぎた。店通りはなかなか尽きない。日が傾き、気早な店には灯が入った。やがて街灯が一斉に明るんだ。次の次ので必らず手に入れよう、とタミエは決めた。

　次の次のは手狭な構えの、人気《ひとけ》のない店で、毬は道のきわに、値段の順に積まれていた。タミエは弾むことをやめたポケットの毬を出して左手に持ち、右手で真白な新しいのを一つ持って、大きさを比べるようにして立っていた。毬はちょうど同じ位の大きさである。安い方から二番目の仕切りに入っていたのだが、タミエは絵なんかついた大きすぎるのよりも、小粋で手頃なこの毬がほしい。もし店の人が出て来たら、ちょっと小首を傾げてみせて、ほしいけど今お金を持って来なかった、という風に毬を戻せばいいのである。

　奥の居間との仕切りの障子はなかなか開かない。タミエの後を行く人たちも滅法忙しそうで振り向きもしない。タミエはふいに右手をポケットに入れ、その上から左手の毬も入れた。

　極めてゆっくり、タミエは店の前を過ぎた。けれど少し行って曲がり角を曲がってから

は、全速力で走った。あたりは初めての家並だが、うろつき馴れた勘で行き止まりにならない小路がわかるので、もと来た方角へ、つまり斜め右へ、細い道を何度も折れて走った。或る家からは葱の匂いがする。或る家からは魚を焼く匂いがする。或る家からは醬油の煮立つ匂いがする。

　ふと、晩春の仄闇の向うに、見知った板塀が見えた。タミエはほっとして走りやめた。もうこれであの大きな鳥のいた藪の四辻まで大して遠くはないし、その先はもう知れている。それでもタミエが今歩いている道はまだ初めて通る道なので、タミエは両側の家々を物珍しく眺めて進んだ。見知った板塀へ曲がる一軒手前は、ごく低い竹の格子垣で、ちょっとした野菜畑を含む平らな庭が見えた。道から手の到《とど》くところに、三、四十も実をつけた果樹があった。海近《うみぢか》の暖い土地柄とはいえ、この辺は別に柑橘類の栽培はしていないので、タミエは木に生《な》っているのが面白くて傍へ寄った。樹の丈の割に、果実は大変大きく思われた。しかしタミエのポケットの毬よりは少し大きい目という位であろうか、八百屋で見る夏蜜柑よりは余程小ぶりである。元来そういう種類なのか、本格的に栽培されたものでないせいなのか、そこのところはよくわからない。ともかく実は鈴生りで、冷くて重くていい匂いである。行き当りばったりのものを「手に入れる」という癖はない方なので、タミエは手に受けて顔を寄せてみただけで又歩き出した。そうしたらふいに呼び留められた。

　急ぎ足に庭を横切って来たのは、頭の丸いずんぐりした着流しの男だったが、その目はす

ぐ、タミエの膨れたポケットに向いていた。欲しければ上げるよ。ちょうど取りに来たところだ。男は手にした花鋏をタミエに突きつけるようにした。タミエはポケットから毬を二つ出して見せようかとちょっと思案したが、その毬のいかがわしいことにかけては、果実を取り出してみせることより大してましとも思えなかった。

男は一つ切ってタミエにくれ、又上げるからね、黙って取るんじゃないぞ、と云った。たくさん貰ってどうもありがとう、とタミエは云ったものである。曲がって、男の家が見えなくなってから、タミエは皮に爪を立てた。夕闇の道で、果実は高く香った。歩きながら食べた。熱心に食べた。

私は本当は、タミエがその強い酸味と芳香とに感動してしまって、もう一度取って返し、男の立ち去ったあとの果樹の根本に、真白な毬を――タミエにとってほんとうに欲しかった大切なものの方を――こっそり置いて去るという風に書きたかったのだが、タミエはそんなことをしなかったのだから仕方がない。

タミエがあの暮れおちた川の覗き口に捨てたのは、裂け掛けた古い毬と、思いがけない取得物であった柑橘類の食べ殻の方であって、タミエのポケットには、そこらの泥で巧みによごしたよく弾む毬がちゃんと入っていたのである。そして誰一人その秘かないきさつに気づいた者はなかったのであるが、又しても例のうろんさは、その宵のタミエに沁みていた芳香性の柑橘類の残り香と共に、不確かに甘酸っぱく匂って止まなかった。

タミエの花

名前を知らないのだが、確か去年の今頃に見た或る美しい花への慕わしさが、その朝ふいにタミエを捕らえた。

ごく淡い、白に近い紫が、吹きこぼれるように咲いているのだが、滑らかで華奢な茎にふさわしく軽い花冠でありながら、一輪の量がびっくりするほど多い上、形も整った五弁や六弁や、さりとてまた八重でもアヤメ型でもなく、むしゃむしゃと溢れ出したような工合で、茎の細さのままかすかにふくらんだというような小さな単純な形の蕾と並ぶと、殊更その量の賑わしさには、吹きこぼれた、という愕《おどろ》きがあった。濃い黄色と紫の優雅な斑《はだら》と響き合うことで、ようやくに紫の影の差していることのそれと知れる、淡い、薄い、紫である。その冷い華かさといい気品といい、山路に自生するほかの花とはあまり趣が違っていて、タミエは花が終るともう、花のあったことを信じかねた。

今頃だったと思う。ひょっとするとタミエの膝位までも伸びてしまったツクシが、やっぱ

りそんな風に伸びほうけたペンペングサやノボロギクやタムシグサなんかの中で途方に暮れているような時分。山の下の遠い人家を浸す日向の色が、昼には熟れて、水飴のように蕩《とろ》ける時分。レンゲ畑も鋤き返された頃。登り口の両脇からかぶさっているアセビが汚れて、ヤマツバキも落ち尽し、ユキヤナギもエニシダも、懶《ものう》げにしなだれる時分。

　ひっそりと古い小さな寺の、境内だけは思いきり広くて、鐘楼や墓や瓢簞池が散らばる間を、千も万もの種類の草木が埋めつくし、それぞれの季節に、それぞれの花や実をつけた。タミエは三つ四つからそこで遊び、小学校に上がる頃からは、木の根に縋って寺の背の山に攀じ上ることを覚えた。稀に物好きな人の散策に出遭うこともあったが、おおかたは半日いても人に会わない閑雅な小山の、頂は陽が豊かに、行ったことのない街も見えた。

　一度帰ってからの時はいいけれども、木洩れ日に誘われるまま朝からいきなり山へまぎれこんでしまう時には、教科書や帳面を入れた手提袋を、本堂の裏の崖が刳《えぐ》れたところの叢へ投げ込み、落葉や蔓草を被せて隠して、身軽にならなければ登れなかった。殆んど人が通らないので、道は暴虐な植物の繁茂に蔽われ、急で滑り易く、両手を使わないと危かった。もう二つほど別の登り口があるらしいのは、頂から下りて行く径で知れたが、そっちへ下りて行った先どうすれば帰れるのか、とんでもなく遠くないかどうか判断できなかったから、タミエは往きも帰りもその道ときめていた。危いといっても、ひとしきり急なところを過ぎて本堂の屋根が真下に見下ろせるあたりまで出てしまえば、あとは道もすっかり絶えて却って

一面の草が滑りにくく、脚に当る草の葉が切ったり刺したりする痛痒い煩《うるさ》さだけ我慢すればよくて、タミエは上機嫌で花や草の一つ一つに構いながら、五時間六時間歩きまわる。

　タミエはやたらにさわり、やたらに嗅ぎ、やたらになんでも食べてしまった。実際、遠い工場のサイレンが鳴って、麓の人家の日向の色が蕩ける頃からは、空腹はごまかしようがなく、学校でみんなが食べている給食のことを考えてみずにはいられなかった。それでもタミエは、悔むという風には決して気持を動かさなくて、飢えも懶惰《らんだ》も無為も、やがてますます親しく懐しく、タンポポの花びらやスカンポの茎ハコベの葉など、なんとなく食べられそうなものはどんどん口にしたし、食べると死んじゃうと威されたヘビイチゴの実も食べてしまった。死にもしないかわり一向おいしくもなかったが、水だって庫裡の井戸まで下りなければ飲めないのだから、それでもいくらかは気が紛れた。

　一度だけ、給食係の人たちの慰安旅行だからその日だけはめいめい持って行くのだと、弁当を作って貰ったことがあった。竹輪の煮付と沢庵が、大層美味であった。しかしタミエは慎重で、図に乗って繰返すことはしない。タミエの嘘はばれたことがないし、もしばれたら大人が本気になって怒るような、可愛げのない周到な嘘であった。同じ工夫の嘘を繰返すよりは飢えの方を我慢する、それだけの忍耐があっての嘘であった。

　夏から秋になると、クワ、グミ、ザクロ、とりわけ大きなシロイチジクが幾百となく実ってタミエの飢えを慰める。でもまだあの花の咲く頃まで、去年もサクランボを嚙むしかしよ

うがなかった。サクランボといってもごく肉質の薄いたちので、色は綺麗だけれど食べるという感じには遠い。

　タミエはそれでも、みつけ次第それをポケットに拾い溜めながら、上を見たり下を見たり横を探ったり、毟ったり嗅いだり舐めたり嚙んだりした。もうノイバラの白い花が、あちこちに開いていた。秋には実るが、今はまだ花ばかりである。しかし甘美な芳香は、その日もタミエの足を引き留めた。

　よくタミエは花の中に顔中を突っ込んで、花粉だらけになる。いつかヤマユリの花粉を見咎められて以来、山を下りてからスカートでごしごし顔を拭くことにしていた。髪も揺さぶり、とりわけ秋には、ヌスビトハギやヤブジラミやクンショウがついていないかどうか、背中まで手をまわしてみる必要があった。

　そんなに用心するというのも、タミエがこの愉しみの永続を大切に思っているからで、その愉しみというのには、次の二つの面があるようであった。一つは友だちや大人たちが規則と習慣に従って勉強や掃除や洗濯や商いで忙しくしている間、タミエひとりは山の上で、気儘に好き勝手にしているということの、もう一つは純粋にそのこと自体の歓び、即ち、すがすがとかぐわしいものたちに埋もれて、人の知らないかたちを視ることの、つまり、あの花に出遭うというような奇瑞によってタミエが引き揚げられる、矜《ほこ》らかな戦き。

　自分位たくさんの植物と親しい者はないだろうとタミエは思い、あたかも植物たちが自分

の支配圏にあるかのように考えていたが、その根拠は、タミエが友だちや大人に教えられた植物の名がじきに尽きて、その数層倍数百層倍の植物をタミエが見たり嗅いだり食べたりした、というところにあった。確かに、まだ名付けられずにいる事物は、その発見者の支配圏にあると言えないこともない。しかしタミエは怠惰で稚く、ただ夥しく知るのみで他に伝えようとはしなかったし、第一誰もタミエの見たものなどに興味を寄せはしないだろう。感覚した、ということで、タミエの世界は止まりであった。

　だからその日、一人の初老の男に向ってタミエが口にした名は、半分がその場で考え出したものなのだった。それからまた残りの半分は、普段からなんとなく心の奥でそう呼んでいた名、結局のところタミエのでたらめで、ようやくその残り位が、ここらの人たち一般にもどうやら通用する呼名というわけである。従って、自分がその日口にした名より更に何倍もの草木を「知っている」というタミエの驕《おご》りは、正しくも亦らちのない虚妄であった。

　ウブゲハコベなどというのは上出来の方である。タミエは嘘が巧いから、ありそうもないような空想的な名にはしないのである。ハコベと同じようなところに混ざって生え、小さな白い花をつける時期も同じだが、葉や茎の色がくすんで濃く、こまかな毛が一面にある草のことを咄嗟に称んだのだが、これなら誰でも思いつきそうな、まことしやかな名であった。ツルダイコンとなると少々いかがわしげである。花を指でにじり潰すと大根卸しの匂いがするのだが、そしてなるほど蔓草ではあるのだが、ツルダイコンとつなげるとどうも聯想が

違って来て妙である。それでも男は、持っていた帳面のヘクソカズラの頁の通称の項へ、鉛筆でツルダイコンと付け加えてまじめであった。

男は半白の、眼鏡を掛けたのっぽであった。タミエがノイバラに顔を埋めていた時いきなり声を掛けて、すっかり驚かせてしまった。ふいのことで、何を言われたのかわからなかった。でも別に、学校をずるけているのを詰《なじ》っている口調ではない。タミエは立ち上がりながら愛想笑いを浮かべた。道を教えましょうか？　今までに二度ばかり、下りる道のわからなくなった大人を案内したことがあったのである。

男は首を横に振って問を繰返した。その花はなんていうの？　と訊くのであった。ノイバラ、とタミエは言った。これは確かな名であった。やっぱりノイバラか、という返事である。ノイバラさあ、とタミエは主張して男の顔を眺めた。ひどく色が黒くて、額が長く鼻が長く顎が長かった。ほかになんとか言わないか？　言わない。すると男は、また別の花を指した。あれは？　花も葉も茎も、煙ったように柔毛《にこげ》に被われた一むらだった。タミエがつまってしまったら、男は自分で言うのである。あれはハハコグサだ。ホウコグサともいう。オギョウともいう。

黄色な、蕾とも咲いたともわからない地味な花と、仔兎の耳みたいな肌ざわりの葉とをタミエは見馴れていて、その草を見るたびに反芻される想いとも匂いとも愁いともつかない気分ともすっかり親しく、あたかも自分の中の草とでもいうように思い込んでいたのに、それ

をふいに他人が、ハハコグサだとかなんだとか呼んだので、タミエは納得するよりもむっとしてしまった。

　まるでタミエ以上にあの草を熟知しているとでもいうような調子で呼ばわるのは面白くない。それでタミエは、咄嗟に考えて言った。違うよ。あれはね、カタクリマブシ。

　男は茶色い長い顔を傾け、口を少し開けてタミエに振り向いた。

　ははあ、と男が言った。カタクリ粉をまぶしたようだからだな。それから独りでぶつぶつ言った。カタクリというユリ科の植物があって、純良な澱粉が取れる、と。ところが現在カタクリ粉といってるのは殆ど全部ジャガイモから取ったやつだ。そしてその粉をまぶしたようだからといって別のキク科の植物がカタクリマブシと呼ばれる。だいたい、片栗なんていうから栗にでも似ているのかと思わせられる。だがこいつはカタコユリの音韻がつまったのにすぎなくて、元来ユリなんだからな。名前というのは変なものだな。

　タミエはわけのわからない独りごとを聞かされて癪にさわったが、男が帳面を拡げて、カタクリマブシと書き込むのを見て、少し機嫌を直した。そして覗き込んだタミエが驚いたことに、そこにはもうちゃんと、その草の絵が描いてあるのだった。その絵、いつ描いたの？　タミエは思わず尋ねた。いつだっけな。五年位前かな。もっと前かな。そんなに前からカタクリマブシを知ってたの？　いや、カタクリマブシは知らなかった。ハハコグサなら知っていた。だってその絵はカタクリマブシでしょう？　タミエは何度も口にしているうちに、そ

れが自分のでたらめではなくて、立派な本当の名前のような気がして来ながら訊いた。そうだな、ちょっと変だがそういうことだ。男はまた顔を傾け、少し口を開いて、緋色のヤマツツジが旺《さか》っている向うの、晴れて遠い空を見た。

　ネギやニンジンだと困るだろうが、ハハコグサならいいわけだ。いやつまり、食べられるものとか売り買いするものには、きまった名がないと困る。いろんな不都合が起る。でも雑草の名は滅多に呼ぶ必要もないし、小さな地域毎に違っていてもそれで構わないわけだ。尤も別の名が付くというだけなら大してややこしくならないが、たとえばスズメノカタビラとかホトケノザとかカラスビシャクなんてのを聞き齧ると、実物よりも名前そのものの印象が強いものだから、似たものや、時には全然別の草をそう呼んで一生過ぎるという人がよくいるもんだし、それがまた広まって、もとの草をそう呼ぶ人の数より多くなってしまうとか、実際新たにそう呼ばれることになった草の方がその名にふさわしかったりすることさえあり得るから事が面倒になる。まあ、ハハコグサなら割合知られているし、利用価値もないわけじゃない。この白い毛が粘りになるから草餅も搗けるし。でも今じゃあヨモギが普通だからな。

　タミエは大人が自分を無視して大人同士の話をしたり、独り言を言ったりするのが大層嫌いだったが、一方、よくわからない話にでも、なんとかおかしくないだけの相槌を打つことにかけては自信があったから、帳面を閉じて歩き出した男に、さっきのうろ覚えで言ってみ

た。カタクリマブシはキクカノショクブツなの？　そうだ。あてずっぽに付け加えた。タンポポも？　その通り、と男が言う。じゃチチタンポポも？　チチタンポポ？　どういうのをチチタンポポっていうのかな。タンポポに似ていてさ、茎をちぎると牛乳みたいな汁が出るの。ああ、じゃあジシバリのことかな。タビラコかもしれないな。背の高くなるのならノボロギクかノゲシか、白い花ならセンボンヤリか、みんなキク科だよ。多分そういうのを、みんな引っくるめて、チチタンポポと呼ぶんだろうな。

　みんな引っくるめて、というのがなんだかとても侮蔑的に聞こえたので、タミエはひそかに、男の前では僅かの違いをも軽視せずに、いちいち区別しようと身構えた。

　黄色い円形の蕊《しべ》の囲りを、白い細い花弁が取り巻いている小花をいっぱいにつけて、やたらにどこにでも群がり咲く草の茎は、硬くまっすぐ、時にタミエの胸位までも伸び募った。

　これもキク科だよ。なんていうの？　ここらでは。テツドウグサ。これは大人から仕入れた名だ。そうか。むしろハルジオンなんだろうがな。ずっと花期のずれているヒメジョオンとも同じものだと思われている。エリゲロン・フィラデルフィクス……男はおまじないみたいなことを言って、花を一つ潰して匂いを嗅いだ。そんなに似ているわけではないのになんとなく胡麻を聯想させる強い匂いをタミエもよく知っていて嗅いでみたくなったが、真似をしたと思われたくないのでそっと手許の一つを取っておいて、男が先に歩き出してから嗅いだ。花らしい甘さはない、しかしひどく懐しい香であった。

それにしても、タンポポやテツドウグサがキク科だと呑み込めてみると、ハハコグサもそうだというのは少し変であった。

みごとなヤマツツジの群生に差しかかった時、またタミエは訊いてみた。ツツジは？　ツツジはシャクナゲ科。ふうん、じゃあヤマブキは？　バラ科。これにはタミエは呆れてしまった。ぜんぜんどこも似てないじゃないか、と思った。じゃあボケは？　バラ科。アセビは？　シャクナゲ科。

からかわれてるのじゃないかと思って、タミエは睨んでみたけれども、男は至極まじめであった。誰がきめたの？　そんなこと。うん、みんなできめたのさ。ふうん。タミエが不服そうにしたので、男は初めて少し笑った。それからツツジの一つを取って、花びらの切れ込みを一ところだけ裂いて、花びらが下の方で全部つながっているのをひらひら振り、次にその脇にも群がっていたテツドウグサから花びらを一摘まみ引抜いて、タミエの足もとへ散らしこぼした。しかし話が長くなるのが億劫だったのか、説明をするのはよしたという風にちょっと首を振ると、また歩き出してしまった。タミエは、男の方にも何か理窟があるらしいとは思ったけれども、どうしたってアセビとツツジを同類だと思いたくなんかなかった。そんな風にきめるの、随分むずかしいでしょうね。タミエは皮肉のつもりで言った。白い花とか赤い花とか、大きいのとか小さいのとかで分けたら簡単なのにね。

簡単なもんか。余計ややこしいよ。白いツツジも赤いツツジもあるしさ。色や大きさは一

番駄目だ。

　提案が斥けられてタミエはちょっと気分を悪くした。それでもなんだか、男の頭の上の空に、ひどく混み入った地図みたいなものが浮かんでいるような気がした。

　別に従いて来いと言われたわけではなかったが、そのまま二人は連れ立って歩くことになった。山はうららかで花だらけであった。並の散策者にとっては、十か、せいぜい十五ほどの種類の花が咲いているだけであるのだろう。しかしタミエのまわりは延べつに花であった。男もそうだった。そして花の呼名をタミエに訊くので、タミエは遠い工場のサイレンが鳴るまでに、ざっと三十ばかりの名前を考え出した。もちろんそのほかに、スイカズラとかノビルとかドクダミ、ニガナ、カヤツリグサ、スズメノヤリ、シモツケ、サギゴケなどのようなちゃんとした名も答えたし、さすがに詰まってしまって男から教えられた花もあった。そんな工合だったからタミエは、いつのまにかあの花のことを忘れてしまっていた。

　正午のサイレンが聞こえた時、二人はちょっと木が途切れた、草ばかりの平らな一すみに来ていた。そこからまた急な斜面になっているきわまで行くと、どこからどう伝って来たのか細い水の、光りながらくねくねと下へおりて行くのが見えた。その辺は、秋にはミゾソバでいっぱいになるのであった。

　秋にはミゾソバが咲くだろうな、と男が言った。その時遠いサイレンが聞こえたので、男は顔を上げてそれから腕時計を見た。おひるか。そして気がついてタミエに言った。うちは

近いの？　御飯に帰るのかい？　タミエはちょっと吃驚《びっくり》して、叢に沈めてある教科書袋のことを思い出した。この人の家には子供がいないんだな、とタミエは思った。日曜日でもなくて旗日でもなくて春休みでも夏休みでもない日に、朝から子供がそこらにいても、学校なんてこと思いつかないんだな。

ともあれ、そう聞いてタミエは、ふいに飢えを思い出した。ポケットにはサクランボが拾ってあったけれど、急に気が付いた飢えは、到底そんなものをしゃぶることで治まりそうになかった。おじさんはどうするの？　お結びがあるんだ。男は肩から吊っているズックの袋を叩き、簡単に付け加えた。帰んなくていいんなら一緒に食べよう。

背に若カエデを控えたツメクサの密生に二人は並んだ。凄いほど晴れている。躰がほてっていて、ツメクサの葉の柔かな冷さが快い。男がタミエとの間に拡げた包みには、海苔で巻いた大きな握り飯が六つあった。小さな水筒も取り出された。それから煙草入みたいなものをタミエに差出した。タミエが、中身を承知のような振りで開けたら、もう一度中蓋があってから湿った綿が入っていた。さすがのタミエもわからなくて、それでも小賢しく、どうぞ、というように男に渡したら、男はそれを千切り取って指先を拭いた。タミエも真似をした。いい匂いがして手が涼しかった。

一つめは二人とも同じ位の速さで食べた。二つめにはタミエの速度がずっと落ちて、男の三つめが終る頃までかかり、終ると、手のねばねばをスカートで拭いた。飲んでいいよ、と

男が水筒を片手で押して寄越したので、タミエは磁石付の小さな蓋で七杯位飲み、満足して、白いツメクサの花の腕輪を編み始めた。

男は同じ勢いで四つめも平らげ、水筒を飲み干し、それからちょっとの間黙ってタミエの手許を見ていた。なよやかでまっすぐな茎の先で、くるくる捩れて咲く濃い桃色の花を編み混ぜると、その塵のような小花が、鏤《ちりば》められた宝石のようにあでやかに見えた。

その花のことはまだ訊かなかったね。うん、これはグルグルソウ。そうか、スピランテス・スィネンスィス……男はまた呪文のようなことを言った。ずいぶんいろいろ教わったっけが、きっとまだたくさん、僕の気の付かなかったのがあるだろうね。今咲いてるのだけじゃなくて、もう終っちゃったのとか、これから先のとかさ。

そりゃあもう……タミエは憐れむように請合った。自分のまわりに数多の草木が溢れ返って、目も鼻も口も塞がれるようであった。そりゃあもう、どんなにたくさんあることだろう。入れ替り立ち代りこの山に芽ぐみ花開き実る木々草々の種類は、とても数えきれるものではない。そしてタミエはみんな知っている。よく知っている。葉の付き工合も、蕾の形も、花びらの裏側の色も、樹皮の匂いも、茎の折れ方も、花期の長さも、しべの数も。

男は水筒をしまって、かわりにさっきのとはまた別の帳面を出し、タミエに頼んだ。なんでもいいから、今までに言わなかったので思い付いたのを言ってみてくれないか。

どうしたものか、そうしたら途端に、目鼻を蔽うばかりに溢れ返っていた花や葉が悉くど

こかへ飛散してしまい、すかっと空は青く、とりとめもなく遠くなった。今ここに無い花のことを、なんと言って伝えるべきなのであろう。ハギでしょう？　白いのもあるわよ。それからアザミにキキョウとオミナエシ、ガガイモ、ホタルグサ、アカマンマ、ネムにツリガネソウにヤマユリ、ナデシコ、ミズヒキソウ、ツワブキ、サザンカ、ワレモコウ、ノギク……タミエは意地になってここまで並べ立てたのだが、これで詰まってしまった。並べてみせたのはみんな、大人たちもそう呼ぶ、当りまえな名であった。おまけにノギクだなんて、ははあ、秋に咲く薄紫のを引っくるめて、と男が思うのは必定であったし、もっといけないのはガガイモで、実のところタミエは、どれのことをガガイモというのか見当もつかなかった。ただ名前を聞き知っていたにすぎないのである。タミエがこの山にいるうちで最も卑俗で低劣であったのは実にこの、ガガイモ、という名を口にした一瞬であったろう。

　今ないものなんて、そんなに思い出せないわ。タミエは力が尽きた感じで、珍しく正直なことを言った。どう力んでも名前を知っているものしか思い出せなくて、同じように、或いはそれら以上に熟知している筈のものたちは、把らえようもなく霞んで曖昧で、その姿をはっきりと思い描いて次々と似合わしい名前を付けて行くということは、いくらタミエでもできそうになかった。でも、そういうものかもしれないな、と素直に言ったものの男がいかにも残念そうだし、今迄に教えた面白い呼名の数々をでたらめであったとは思われたくなくて、タミエは何か一つ二つでも、男の気に入るような花の名を言おうと焦った。

その時、あの花が思い出されたのである。ああ、それからね、タミエは忙しく思いついて言った、テンニンゴロモっていうのがあるわ。

テンニンゴロモ？　男は無邪気な興味を示した。どんな花？　いつごろ咲く？　今頃咲く筈なの。うすうい藤色のね、ものすごく綺麗な花。菁莪《シャガ》かな？　きっとシャガだな。男は長い顔を肯かせて、安心したようながっかりしたような様子である。しかしタミエは、断固として言った。シャガじゃない。

もちろんタミエは、シャガなんて名を聞くのは初めてだったし、だからあの花がシャガであるともないとも、断言できる道理はなかった。むしろ男がこの三、四時間に示した博識ぶりからして、それが多分当を得た推定だろうと、タミエだって内心認めないではなかった。そして、だからこそ、是が非でも逆らいたかったのである。

タミエの賛美をほしいままにしたあの花、こんなにも慕わしい花、去年初めてみつけ、それも一かたまり、十か二十しか咲いてみせなかったあの花、それがこの山以外の方々にもあって、みんなに知られ名づけられ、絵だの写真だのにうつされ、また、男の頭の上に浮いている複雑な地図の中で、アヤメ科だのラン科だのと定められるなどとは到底許しがたい。あの花はタミエの花である。そうだ、タミエの花であると信じていたあれもこれもが男の花でもあり、名を知り、絵に写し、分類することによって、却ってタミエの花として以上に男の花として強く縛り忠節を誓わせていると思わせられた今となって、あの花こそ絶対に手放

したくない、最後のタミエの花であった。

ハハコグサと言われて、違うよ、あれはね、カタクリマブシ、と言ったのは、常の、知ったかぶり好きの性癖からだけでなく、そう呼び変えることで辛うじてその草を他者の支配から守ったつもりになろうという、懸命の抗戦、強奪への反旗であった。そして、その作業を重ねながら、単に感覚的博識ともいうべき己れの世界に比べて、男の世界には地図があり帳面があり、みんなとの協定みんなの支持があるという堅固を確実を安定を、ひしひしと感じさせられて来たタミエにとって、今、泪まみれで庇うべきいとしくも脆い自分の世界は、凝《こご》って集まってあの花となり、繚乱とタミエを充たしていた。

シャガも綺麗な花だよ。うすうい藤色で、茎の感じはちょっとナデシコみたいかな。とんがった濃い色の葉で、気をつけて探せば冬も枯れないでいる筈だ。野生の花らしくなくて温室咲きの西洋花の感じだけど、あれで純日本産だし、あんまり日の当らない、林の中なんかに咲くんだ。そのテンニンゴロモっていうのも、シャガの一種じゃないかな。

葉も茎も、男の言う通りなのである。シャガじゃない。タミエはどきどきしながら叫んだ。シャガよりもずっと綺麗で、ずっと大きいの。

大きいってどの位？　ヤマユリよりもっと。男はそれで、まじめに目を瞠った。そんなに大きいの？　じゃあ、丈もヤマユリ位ある？　ううん、丈はこの位。タミエはツメクサの花の三倍位のあたりへ手を伸ばした。それでそんなに大きい花が咲くのかい？

今やタミエの中には、純白に仄紫の影を差したあの花が、途方もなく巨きくなって咲き重なる。

花びらは何枚？　七枚。タミエがきっぱり言った。

しかし本当のところその花の形は、確かにタミエには見えながら、つきつめられれば総て朧ろに眇《びょう》として、花びらの数も斑の色も、こうとはっきり言葉にならない。すれば消え、やめれば漂う。七枚、はあてずっぽの数であったが、同時に、七枚花弁の花を曾て知らないタミエが咄嗟になぞらえた、タミエの花の非有なる優越、珍らかな麗質のしるしである。

七枚！　と男が叫んだ。ほんとかい？　ほんとさあ。よし、男は立ち上がって袋を肩に掛けた。そいつを捜そう。一緒に来てくれるかい？　ツメクサの腕輪を嵌めながら、タミエは少したためらった。でもあたい、どの辺だったか覚えていないわよ。いいよ、歩いてるうち思い出すかもしれない。

二人はまた連れ立って歩き出したが、今度は昼前とは違って黙りこくっていた。七枚花弁というのは子供の錯覚で、ヤマユリより大きいというのも相当ひどい誇張であるとしても、とにかくテンニンゴロモという名の美しい花を見たい、それがシャガの変種だとわかればそれはそれでいいと男は熱中していたし、タミエはといえば、あの花を見たいという切望と、男に語って聞かせた巨大なテンニンゴロモは決してないのだという虚しさと、万が一あったら、という奇妙な期待と、それからもしあの花をみつけたらの歓びと重なって、ああシャガ

が咲いてる、とさりげなく言ってみせるであろうその時の自分の、限りもなく哀しい厚顔さの予期とに締め上げられているのである。

長いこと歩きまわった。男の速度に合わせようとするために、タミエはいつになく疲れた。陽の色はもう、学校を了えて帰る頃の、タミエがスカートで顔を拭き、学校を了えたような顔をして帰る頃の、熟れきっただるさで山を包んでいた。タミエの登り下りする道から、ますます遠ざかる方へ男が向いた時、思いきってタミエは言った。あたい、もう帰る。

午前中は次から次と、語義通りあることないこと喋り散らしたタミエだったが、こんな風に黙って何かを捜すという段になるとやっぱり大人と子供の、なんだか切り出しにくくて、ためらうまに頽《くず》れて行く陽の色に、しばらく耐えたあとであった。

ああ、そうか。男は気がついてまじめに言った。きょうはすっかりお供をさせちゃってすまなかったな。いろいろ教えて貰ってほんとに助かった。気をつけて帰れよ。おじさんも気をつけて、とタミエが言ったので、男は二度目に少し笑った。ああ、この山はあんたの方が詳しいわけだものな。おじさんはまだ帰らないの？　うん、草が見えるうちは山にいるよ。遠くから来たからね。またいつここへ来られるかわからない。そのテンニンゴロモというのもみつけたいし、ほかにもまだ見たいものがある。

じゃ、と頭を下げて、男は背を向けた。タミエも少し走ったが、なんだか花も男も心残りで立ち止まった。男はもう大分離れたところで、何かの小草にかがみかかっていた。

さよなら、とタミエが叫んだ。男が振り向いた。さよなら、と男も言った。そしてまたさっきの姿勢になり、また歩き、またかがんだ。タミエはそこに突っ立ったままツツジやヤマアジサイに見え隠れする男の後姿を眺めていて、また叫んだ。さよなら。男の声が小さく返った。さよなら。

　四度目にはもう言葉が聞き取れなかった。弛い斜面を下りて行く男の姿は、足の方からだんだん隠れた。もう少しですっかり見えなくなろうという時、俄かにタミエは跳び上がり、高く両手を打振りながら、迸るように叫んだ。

　シャガがあったら教えてね。

　声が到いたのか、男の頭が振向いて、片手を上げた。さようなら、と言われたつもりであったろう。そしてもう見えなくなった。

　シャガがあったら教えてね。

　タミエは見えない男に向って、執拗に叫び続けた。叫びやめたらばもう、二度とあの花を見ることができなくなるとでもいう風に。

　終りには声も嗄れ、息も切れた。ツメクサの腕輪もほどけ落ちた。それでもまだ叫び続けた。呪文のように。

　シャガ、シャガ、シャガ。

虹

虹というものを一度も見たことがないというのが、タミエの密かな劣等感であった。密かな、というわけは、タミエのすることなすこと、身なりから持ちものから食べものからが一目瞭然劣等である中で、虹を見たことがないというのは、珍しくも誰に嗤《わら》われたこともない劣等性だからである。

　タミエとしては大層このことにこだわっていた。ふいに誰かから、タミちゃん、虹見たことある？　などと訊かれることを思うと、ぎくっとして顔色が変るほどである。もちろんタミエは平然と、あるさあ、もうね、四回も見たわよ。あ、五回かな、五回だ、などと巧く言いつくろう自信はあったし、虹がどんな色でどんな風に浮んでみせるものか位、絵でも見たし話にも聞いた。だから、いきなり虹のことを言い出されたらというタミエの惧《おそ》れは、嗤われる種が一つ殖えるというせいではなかった。タミエは密かに本当に、虹を見たいと思っていた。飛行機なんていうものに乗ってみてもどうってことはない、河豚なんてものを食べて

みてもどうってことはない、と思うことはできても、虹なんか、とは思えない。確かに虹は、見る値打のあるものに違いない。虹は七色だという。淡く明るく天空に弧を描く、ゼリーみたいに澄んだ色。しかも仄かにぼかされて、優しくて溶けるようで、爽やかで暖かで。壮麗な虹がひとつ、タミエの奥に架かっていた。

タミエにはときどき、天啓のような工合に、今日は学校に行くのをやめよう、と思う日がある。梅雨晴れの或る日、タミエはそれで朝から海辺にいた。

明け方まで降っていたために、砂浜はどこも濡れていて、タミエはいつものようにやたらに腰を下ろすわけには行かなかった。それに、降り続いたあとのことでせっかちに晴天を喜んだものの、又いつ降り出すかわからない雲の多い空で、タミエはちょっと落着かない気持で湿った砂を踏んで行った。遠く張出した陸地が霞んでいる。道からは幾つも砂丘を越えて来た広い浜で、その遠景と足もとの波の寄せ返しとを一緒に視界に収めながら歩いていると、何か現ない目眩のために時折足を掬われかける。遠い陸地の張出しはじっと動かず、水の去来する線は刻々に移る。

動く水というものの怕《こわ》さは、いつそれが汀のタミエを包み込んでしまうかもしれないところにあった。いつかずっと前、嵐のあと、浜がまるで半分ほどに狭くなって、いつもタミエが歩いていると思われるあたりは、タミエの背丈の何倍かというほどに暗く澱んでいた。水が攻めて来たという感じであった。まだまだいくらでも来そうな怕さであった。格別嵐など

でなくても、今タミエのいるところなど、満ち潮になれば日々深々と浸されているのだ。思わず遊び過ごした夕刻、寄せる波が確実に陸を浸蝕して来るのに気付くのは怕いものだ。一つ前のよりも次のが、目に見えて深く襲って来る。

またもっと前、タミエの生れない頃のことだというが、大津波があって、海はこの広い浜を悉く覆い、防風林を洗い、舗装路を浸して、道に近い家々を流し去ったと聞く。その頃この辺はまだまだ開けていなくて、疎《まば》らに漁師の家があった程度らしい。今はずらりと旅館や商店が並び、すぐその裏から街並が始まっているのだから、もし大津波などあろうものならどんな惨状を呈することだろう。タミエはその話を聞いたあと、何日も脅えていた。タミエの感じでは、火事や地震は逃げられる。津波だけは駄目だ。大火事も大地震もタミエは知らず、そして大津波も知りはしなかったが、水の嵩《かさ》と力とには深く納得が行くのである。津波なんてことでなくても、いつ海が帰るのをやめないとも限らない、そう思うこともあった。また浜にいて急に曇ったり、爛れた内臓のような醜い夕焼になったりすると、今にも水が空高く巻上がって激しくのめって来そうに思われた。そんな夢もみた。日の落ちたあと俄かに冷えて行く酷薄さ、見詰める者を引摺り込む魔の色の波、まっすぐ歩いているつもり、同じところにいるつもりを、いつのまにか愕くほど外らしてしまう惑しの風の陰険さ、そのくせタミエは海が好きなのだ。

大勢連立ってしか遊ばない子供らにとって海はそんなに怕いものではない。近くに住んで

いる子供らでさえ、大方は晴渡った夏の海しか知らない。海は泳ぐためにあるのだ。泳ぐための海なのだ。タミエの街からちょっと別区劃になっている漁師村の子なら、或いは別の海も知っていようが、彼らだってたった孤りで来るわけではない。そして、仕事すると遊ぶというのは逆のようでも、要するに海は何かするためのものであり、それのできない海は海でなく、いつそれができるかを予測するためでなければ眺める値打もないのである。せいぜいが貝殻蒐めの春の海、別荘の女たちの朝夕の散歩、絵描き、写真家、深入りした海賊ごっこ。でも、目的を持ち仲間を持った者の前に、海はその本当の怕さを打付けては来ない。彼らはただ夏毎の数人の溺死人の、蓆から覗く白い蹠《あうら》に、遥か海の怕さを推し量るだけだ。タミエのように、泳ぎもせず拾いもせず、潮風が健康にいいというためでもなく、黙って、孤りで、海と向合いに来る者にだけ、海はその決して美しくない、気味悪く移り気な変幻自在の貌を見せた。全く、海は碧いなどという嘘を、誰が考え出したものだろう。

　いつもならいくらタミエでもとうに休んでいる。遊びらしい遊びではなくても、足を砂に埋めたり、何だったかもとの知れない、ひどく清潔げに揉み白められた漂流物を弄《いじ》ったりはしている。だが今日はあまり浜がしんから濡れていて、立ち止まる気の起きないままどんどん歩いた。

　どこまでもどこまでも行ってみようか。随分どこまでもどこまでも来てしまったあとで、タミエはそう考えた。第一に、実際もうそうしているのだし、第二に、雨続きでタミエの歩

きまわる癖が満足していなかったし、第三にタミエもひねこびてはいるが育ちざかりの、一年前一月前一週前にできなかったことも今日はできるという風な年頃であったからだ。

　今まで行ったことのないところまで行ってみること、タミエはそう決めて勢いづいた。左側はいつまでも海であるが、右手の遠景は緩慢に変る。あの二階家にあの森がああ重なった具合、あの山並の薄い起伏があの煙突でああ区切られた角度……でも暫くするともう普段見知ったものは何もなくなってしまい、馴じみのない風景が音もなく連なり続ける。タミエはむしろ勇み立った。陽の薄いこと、砂が存分に濡れていることは、却って歩くのには楽だし、風も浜にしては弱く、汗を乾かすのにちょうどいい位である。

　働くにも遊ぶにも、週日の遅い朝の、すぐにもまた天気の崩れそうな海岸などどうしようもないと見え、人影はまるでない。だいたいがもうこのあたりは、月が変って海開きの昼花火が鳴ったあともひっそりとして、タミエの町からまっすぐ出た浜のように「海の家」の類が犇《ひしめ》いたり、溺死防止の物見櫓が立ったりはしないらしい。次の海水浴場まではずっと距離があるようで、心なしか磯の砂粒も粗いのである。干し拡げた海藻にも網にも行き当らない。尤も今日は、タミエが過ぎて来た方にも一向そんなものはなかった。近年にない長梅雨《ながつゆ》のほんの気紛れな絶間で、もうまたやたらに曇って来て、空と海とは近寄り合い、今にも閉じてしまいそうな気配である。

　タミエは傘を下げた右手と、学校の道具を下げた左手とを交叉させて、腕と腕とを擦り合

わせた。歩いて躰は熱いのに、変な掠め方をする風が肌の表面だけを冷やし始めたのだ。雨宿りの場所をみつけておかなくてはいけない。

鈍《にび》色の海辺の連りのずっと遠くに、小さな、切紙細工の屑のようなものが見え出していた。白と橙、薄青と赤とが、かすかに見分けられる。旅館か貸ボート屋の色でもあろうか。タミエはふいに、自分がそっちの町で生れて、三年位住んでいたと聞かされたことのあるのを思い出した。しかし全然記憶のないことだし、どうせどこにいたってタミエは痩せて饑《ひも》じくて、茶色な髪をして苛められていたに定《きま》っていて、ついぞ生れた町に興味を惹かれなかった。まして懐しいとも行ってみたいとも思ったことはない。けれど、行けるだけ行ってみようとしている今日、曇天の浜のずっと先に鏤められた小さな色の塊は、いつか友だちに一度だけ覗かせて貰ったことのある萬華鏡の奥のように、いかにも誘いかけるように、こまごまと賑わしく、そこだけ明るい。

降り出すまでにそこまで行き着きたいものだ。そこまで行けば浜辺に雨をよける蔭があるわけで、今ここからすぐ海を背にしてみても、砂丘を越え防風林を抜けた先がどんな所か、もしかしたら目路遥かに田畑ばかりかもしれないとなれば、いっそこのまま急ぐことが一番いいようでもある。こんな風な見え方の風景にまで行き着くことが容易でないとは幾度も経験していたが、行って行けないものでもないと、それもまた経験済みだ。けれど、空がますます垂落ちて来て、水が見るも厭な白茶けた濁りでうねり出すと、タミエはつい逃げるよう

に陸へ向いた。

浜昼顔の這う砂山を一つ越えると、嘘のように波音が遠くなる。こんな洗い晒された砂地に生える草もあるものだ。もう花の終った浜豌豆《はまえんどう》だの、これから咲く月見草だのの葉も見える。浜昼顔の花が凋《しぼ》むと雨が降ると誰かに聞いた。ほんとうに、暗さでか気温の下降でか、淡い鴇《とき》色の花はどれも凋んでいるのだった。

もう一つ登ると道が見えた。どうやら危惧通り、その向うは広々とした農耕地の、どうせ雨を凌ぐ蔭はなさそうな諦めと、とにかく滅多には波に追付かれそうもないところまで来た安堵とで、タミエは砂山伝いにまたさっきの風景を目指す。砂山の弛やかな高低のままに、それは見え隠れし、確実に近づく。橙が屋根で白いのは壁、薄青いのは別の建物、赤いのもまた別、そのほかに浅緑のも薄茶のもと見え出したが、とうとう間に合わなくて雨はやって来た。道に向って懸命に走るが、軟かい砂に一足ごとに埋って捗らないでいるうち、早くも降り初めの一しきりに濡れそぼれる。皮肉なことに、風も殆んど来ない歩きいい舗装路に辿りついた時から、雨は静かな地雨になった。やっと農耕地が果てて、両側に家を並べた道が幾筋も通っているようになった頃から、雨は際立って弱まり、昼上がりの気配になった。雨が上がるからには、タミエはもう一度汀へ取って返すつもりであった。

やがて明るい最後の一撒き。タミエが浜へ走り出ると、建物はもうごく近くて、窓のひとつひとつもはっきり見分けられる。

ところが、そこまで来てから気が付いたことに、その建物のすぐ手前で、一本の川が海に注いでいるのであった。長雨で水が増したせいもあろうが、川はタミエの町から送り出されるどの川よりも、ずっと幅広く深く見える。

もう一度道路まで引返して橋を渡ればいいのだと知りながら、タミエはなんとなくそのまま川に近寄って行った。何日もなかったことに、暑い日射しが雲を割る。照らされながら疲れきって、タミエは放心した。

川岸はとても危い。海辺の川岸はまるで粘りのない砂の、草も生えず、始終水の位置が動くために決して固まらず、思いも掛けないところから崩れ落ちてしまう。こんなに雨続きの時は却って水嵩が溢れ出ているからそんな危険はないが、一旦こうして深く刳られたあとで水が減ると、岸は切立って下を水で削り取られ、なんとも脆く子供の一蹴りでなだれ、その余勢で次々と驚くほど長い距離が落ち続ける。承知で戯れに崩してみる時はいいけれど、迂闊に近付きすぎて急に崩れられると大人でも転落しかねないし、川口の渦に巻込まれでもしたらことである。タミエは自分の町の川でさんざん見聞きし、用心しいしい崩して遊ぶこともよくあったので、ぼんやりしながらもかなり離れたところで立ち止まった。それでも川口の黒っぽい水の、底の方で揉み合っているような揺れ方はつぶさに見えた。

川は烈しく流れ込もうとし、海は強情に己れの差引を繰返している。その執拗な暗闘の果に流れ入った川の水は、一瞬後には海そのものとなり、流れ込む力に抗《あらが》って再び川へ逆流す

る。一見無益に蕩尽される莫大な力の量が、黙々と、精魂こめて押し合い、川口で溢れて、水は広く浜を覆った。波頭が遥か遠くまで川面を這い上がって行ったかと思うと、また思い切りよく引いてしまう。けれど、その冗談のようなやりとりは、底の果たし合いの真剣さの、せめてもの偽装のようでもある。

　かなりの間、タミエは川口に見入っていたが、やがて動く水の怕さが我慢できなくなって来て顔を上げた。

　と、タミエは息を呑んだ。虹が出ていた。大きな虹であった。さっきからタミエが目指して来たペンキ塗の風景の真上に、虹は闊達に華麗に架かっていた。

　そして突然、タミエは思い出した。ごく幼い、二歳半か三歳ぐらいのタミエが、この川に突落して殺した、一人の赤児のことを。カッチャン、といった。そうだ、カッチャンという呼名のその赤児は、タミエの弟なのであった。事故ではなかった。過失ではなかった。殺したいと思って殺した。生温い柔かい生き物は、タミエに押しまくられながら少し暴れた。でもいやがってではなくて、面白がっていたにちがいない。うしろざまに水に落ちて一瞬鋭く叫ぶまで、赤児は泣かずにいたのだから。タミエも笑顔でいたようだ。あやすように。でも随分力が要った。そしてその真昼、この川の向うに、まさにこの川の向うに、美しいものが見えていた。

　そうだった。タミエは虹を見たことがあったのである。今、遠路の果、忌避と牽引との暗

闘の末、再びあでやかに、虹はタミエの前にあった。これこそはタミエの、あんなにも見たがっていたものなのである。明澄な薔薇色と黄色と緑とが中心をなし、薔薇色の外側に紫が滲み、緑の内側にはまた、紫から薔薇色へのごく淡い繰返しが滲んでいる。

立ちつくすタミエの前で、その色は溶け合いながら薄れ出し、やがてまだ本当に色が残っているのか、それともそれまで見ていた目のせいなのかわからないようになって消えた。

虹を、もう一度忘れてしまえるものならば。